Kapitel 1

Freiheit. Dieses Gefühl spürte sie jedes Mal. Jedes Mal, wenn sie auf Milan durch den Wald galoppierte und seine Hufe über den Boden donnerten, breitete es sich in ihr aus, wie eine luftig leichte Wolke und machte sie für diesen Moment zum glücklichsten Menschen der Welt.

Phoebe atmete tief und genussvoll die frische, nach Tannennadeln und Sommer duftende Luft ein. Milans schwarze Mähne flog im angenehm kühlen Wind und schimmerte in der gerade aufgehenden Sonne, wie auch sein braunes Fell. Mittlerweile hatten sie den Wald hinter sich gelassen, verfielen in einen gemütlichen Trab und blieben schließlich stehen. Das Feld auf dem sie nun standen war in ein goldenes Licht getaucht und übersät mit taubesetzten Gräsern und Blumen, welche ihre bunten Blüten der Sonne entgegenstreckten, als würden sie von ihr magisch angezogen werden. Phoebe lehnte sich nach vorn, kuschelte sich in die weiche Mähne des Pferdes und genoss die Aussicht. Hinter den Bäumen stieg die Sonne immer höher. Und auch der Nebel über dem Feld schien sich immer mehr aufzulösen.

Für einen Moment schloss sie die Augen und atmete tief ein. Als sie die Augen ein paar Sekunden später wieder öffnete, sah sie auf die Uhr an ihrem Handgelenk, mit dem kleinen goldenen Pferd in der Mitte des Ziffernblattes. 07:11 Uhr. Wenn sie auf dem Hof sein wollte, ohne entdeckt zu werden, während sie Milan trocken rieb und ihn wieder in die Box stellte, müsste sie jetzt bald zurück reiten. Denn eine Sache wusste sie. Niemand dort hätte, bzw. würde ihr erlauben alleine auszureiten. Und genau aus diesem Grund durfte auch keiner mitbekommen, dass sie es heute trotzdem getan hatte. Sie richtete sich wieder auf und nahm die Zügel ordentlich auf. In leichtem Trab folgte sie dem Weg, welcher am schnellsten zum Hof zurück führte.

Ein mulmiges Gefühl hatte sie schon, als sie wieder auf dem Hof ankam. Denn sobald die Hunde bemerken würden, dass jemand - in diesem Fall sie - gekommen war, würden sie in ein ohrenbetäubendes Gebell ausbrechen und wenn Ray – der Hofbesitzer und Vater von ihrem Freund Gale – und Lauren – Phoebes Reitlehrerin und Frau von Ray - davon aufmerksam würden und nachschauen würden, wären sie bestimmt nicht mehr so super nett, wie sonst immer. Gale, Lauren und Ray zählten für Phoebe immerhin auch schon seit längerem zur Familie.

Phoebe stieg extra vorher ab und führte das Pferd zum Stall. Aber egal, wie leise sie auch gewesen wäre, die Hunde sahen sie und begannen zu bellen. Ihre Ruten wedelten hin und her und Scarlett, die junge Hündin mit dem langen, schwarz glänzenden Fell sprang vor Freude an ihrer Boxentür hoch und wollte gestreichelt werden. Phoebe legte ihren Zeigefinger an die Lippen. „Pscht!"

Nachdem sie Scarlett gestreichelt hatte, kehrte auch wieder Ruhe ein.

Milan, den sie ganz hinten in die Box gestellt hatte, wartete derweilen seelenruhig darauf, dass sie wieder kam, um ihm Trense und Sattel abzunehmen. Während sie gerade dabei war den Sattelgurt zu öffnen und ihm als letztes den Sattel abnahm, musste sie grinsen. Niemand hatte etwas bemerkt und Milan war nicht so nass geschwitzt wie sonst, wenn sie mit Lauren und Ray von einem Ausritt zurück kam. Sie brauchte nur kurz über bürsten und schon sah man keine Spur mehr, die auf einen Ausritt hätte hindeuten können. Zur Belohnung gab sie ihm noch eine Möhre. „Hier mein Schöner. Die hast du dir verdient!" flüsterte sie in Milans flauschige Pferdeohren und schlang ihre Arme um seinen Hals. Eigentlich wäre sie nie auf die Idee gekommen, alleine mit ihm auszureiten. Milan war zwar ihr Lieblingspferd, zusammen mit Lexie, der Haflingerstute und Nevio, dem schwarz-weiß-gescheckten Pony, aber Milan war das Pferd, auf dem sie beim Reiten auf dem Platz immer wieder Schwierigkeiten hatte. Im Gelände ging es, aber es war trotzdem nicht richtig, alleine auszureiten. Zum Teil bereute sie es, allerdings war es nun eines der schönsten Erlebnisse hier geworden. Hier... Wenn sie doch nur immer hier sein könnte! Hier, wo es nicht zählte, ob man Markenklamotten trug und immer gute Noten schrieb. Hier, wo Arbeit hieß: Stall ausmisten & aufräumen, Pferde und alle anderen Tiere versorgen, Heu oder Stroh holen und stapeln, und was sonst noch alles dazu gehörte. Sobald sie auch nur den Namen dieses Ortes - Eichental – hörte, strömten hunderte von Erinnerungen und Gefühlen durch ihren Kopf. Scheinbar unendlich lange Ausritte durch die grünen Wälder, in denen jetzt alles blühte, im Galopp über die, im Sonnenlicht gold-orange leuchtenden Felder. Und die unglaublich schönen Stunden mit Gale! Phoebe brauchte nur an ihn zu denken und die Welt schien sich nur noch in rosarot, um ihn zu drehen. Bis spät in die Nacht quatschen, rumalbern, kuscheln. Sie vergaß alles um sich herum wenn er sie an sich zog und küsste. Aber die paar Tage Ferien bei ihm vergingen immer so schnell. Von den zwei Tagen an jedem zweiten Wochende gar nicht erst zu sprechen!

Oder lustige Tage und Abende mit Lauren, die für sie mittlerweile, wie eine Tante und gleichzeitig beste Freundin für sie war. Mit ihr verstand sie sich genauso gut, wie mit Ray. Er war der Vater von Gale und ein echt lustiger Typ. Zwar Bauer durch und durch, aber genauso herzensgut, wie sein Sohn und Lauren seine Frau. Er und Lauren waren auch noch recht jung. Mitte dreißig ungefähr.

Phoebe hatte jeden einzelnen von ihnen in ihr Herz geschlossen und vermisste sie schrecklich, wie auch ihre Großeltern, wenn sie nicht hier war. Sie wohnte nicht hier. Sie lebte ganze 200 Kilometer weiter weg von Eichental entfernt, in einem Dorf, namens „Fieldbrook", nahe der Landeshauptstadt Sunside. Dort ging sie auch täglich zur Schule. Natürlich gefiel es ihr gut in dem kleinen Ort, wo sie mit ihren Eltern in einem kleinen, aber super gemütlichen Haus direkt an einem Feld und Wald wohnte. Die Nachbarn waren nett und außerdem hatte sie hier ihre beste Freundin Susan, mit der sie auch in einer Klasse war. Ohne Susan wäre es in der Schule wirklich langweilig. Sie waren mittlerweile wie Schwestern und gingen seit sechs Jahren in die selbe Klasse. Susan war es auch, die Phoebe versuchte zu trösten, wenn sie traurig war, weil sie nicht zu ihren Großeltern, Gale, Lauren und Ray nach Eichental konnte. Aber es war nicht zu ändern. Sie musste ja zur Schule und konnte nur an den Wochenenden und in den Ferien hin fahren. Und bald würden diese Ferien auch wieder vorbei sein...

Jetzt war sie doch noch hier! Warum sollte sie sich das mit traurig sein vermasseln?! Sie drückte sich noch einmal an Milan und schmiegte ihr Gesicht an seinen weichen warmen Pferdekörper. Als sie von ihm abließ, sah er sie mit seinen großen, dunklen und wunderschönen Augen aufmerksam an. „Du warst echt toll heute!" lobte sie ihn noch einmal und klopfte seinen Hals, bevor sie die Box verließ.

Phoebe wollte gerade den Stall ruhigen Gewissens verlassen und zum Haus gehen, weil keiner von ihrem Ausflug etwas mitbekommen hatte. Aber in dem Moment verließ Lauren das Haus und kam direkt auf den Stall zu. „Mist!" fluchte Phoebe leise und schnappte sich schnell die Fressnäpfe der Hunde. Um keine Verwunderung bei Lauren auszulösen, warum sie schon im Stall war, machte sie sich daran die Näpfe zu befüllen. Jetzt betrat auch Lauren den Pferdestall. „Guten Morgen! Was machst du denn schon hier?" fragte sie etwas erstaunt. „Hey! Ich konnte nicht mehr schlafen und da hab ich mir gedacht, ich könnte schon einmal die Hunde, Pferde und Katzen füttern." antwortete Phoebe und drehte sich um. Als sie sah, wie die junge Frau sie ansah, bekam sie Angst, Lauren hätte sie doch erwischt. Denn sie musterte das Mädchen kurz, grinste dann aber und verließ mit einem ziemlich hohen „Achso." den Stall. Erleichtert atmete Phoebe auf und sah ihr hinterher. Sie wollte sich gerade wieder dem Futter widmen, als ihr erschreckender Weise etwas ins Auge fiel, dass Phoebe sofort schweißtreibend erkennen ließ, dass sie einen Fehler begangen hatte. An Milans Boxentür hing immer noch, die nicht abgewaschene Trense! Wie in Trance griff sie danach und wusch sie ab. Als sie wieder aus der Sattelkammer kam, stand Lauren davor. Phoebe wusste genau, egal, was sie jetzt sagen würde, es hätte ihr nichts gebracht. „Phoebe geht es dir gut?" fragte Lauren ernst. „Ja. Alles gut!" kam es wie aus der Pistole geschossen. „Warum?" fragte sie vorsichtig. „Wenn du schon alleine reitest, sag uns bitte vorher wenigstens Bescheid! War der Platz nicht rutschig?"

Da merkte Phoebe, dass Lauren glücklicher Weise dachte, dass sie „nur" auf dem Platz geritten war. Sie erinnerte sich daran,

11

dass, als sie vorhin am Reitplatz vorbei geritten war, dieser trocken gewesen war. „Entschuldigung... Aber ja er war trocken!" stotterte sie. „Alles gut." beruhigte Lauren sie. „Frag beim nächsten Mal einfach. Ist ja bloß damit ich Bescheid weiß Süße!" sagte sie und lächelte Phoebe zu.

Gemeinsam beendeten sie die Stallarbeit. Sie füllten überall Heu auf, fütterten die Pferde zu ende und gingen dann zum Haus, um erst einmal zu frühstücken. Phoebe wusste, noch einmal durfte sie sich so einen Ausflug nicht erlauben, war aber zugleich auch dankbar, dass Lauren ihr nicht böse war.

Wenig später saßen Ray, Lauren und Phoebe am Frühstückstisch in der Küche. Gale schlief noch nebenan in seinem Zimmer. Weder Phoebe, noch Lauren hatten Ray von Phoebes Aktion erzählt.

Lauren saß auf ihrem Stuhl und starrte gedankenverloren aus dem Fenster. Ray hatte das auch bemerkt und stupste seine Frau an und grinste. „Ey Schatzi!" Daraufhin sah sie zu ihm nach oben auf, boxte ihm spielerisch in die Seite und rief grinsend: „Selber ey!" Ray schüttelte lachend den Kopf und verließ die Küche, ohne ein weiteres Wort.

„Alles okay?" fragte Phoebe besorgt. „Alles gut!" rief Lauren lächelnd und goss sich eine neue Tasse Kaffee ein. „Wirklich?

Du siehst so nachdenklich aus!" erwiderte Phoebe. „Ich hab nur überlegt was wir heute machen könnten. Ich würde gerne den Stall mal komplett ausmisten und falls wir noch Lust und Laune haben, könnten wir noch schnell die Putzboxen, inklusive Putzzeug sauber machen." „Supi! Da mach ich gerne mit.!" „Gut. Dann machen wir uns schön Musik an im Stall. Da hat man gleich mehr Motivation!" lachte Lauren.

Aber bevor sie in den Stall gingen, wollte Phoebe Gale noch wecken. Sie stand auf und öffnete vorsichtig die Tür zu seinem Zimmer. Wie süß er aussah, wenn er schlief! Die Decke bis zum Kinn hochgezogen und sein Kopf lag auf seinem angewinkeltem Arm. Phoebe ging in die Hocke und setzte sich im Schneidersitz auf die Matratze vor seinem Bett, auf welcher sie letzte Nacht geschlafen hatte. Sie strich liebevoll über seinen Arm um ihn zu wecken. Er kniff die Augen kurz noch weiter zusammen, als sie ohnehin schon waren, gähnte und sah Phoebe dann mit einem müden Lächeln an. „Guten Morgen du Schlafmütze!" begrüßte sie ihre Freund und er strich ihr eine lange rotbraune Haarsträhne aus dem Gesicht. Sie sah ihn daraufhin mit einem aufmerksamen, wie er fand, ziemlich süßen Lächeln an. Sie liebte seine dunkelbraunen kurzen

Locken und diese dunklen graugrünen Augen. „Los aufstehen! Es ist halb elf." rief sie und grinste ihn an. Bevor sie wieder auf den Flur verschwand, zog er sie noch einmal an sich heran und gab ihr einen flüchtigen Kuss. Dann sprang sie auf und ging ebenfalls in den Flur.

Lauren und Ray waren schon fast fertig und waren gerade dabei sich ihre Jacken anzuziehen. Jetzt schnappte sich auch Phoebe ihre blaue Strickjacke und kramte eben noch schnell einen Zopfgummi aus ihrer Jackentasche. Währenddessen steckten Ray und Lauren ihren Kopf durch Gales Zimmertür und wünschten ihm ebenfalls einen guten Morgen.

Phoebe band sich schnell noch ihre langen rotbraunen Haare zu einem hübschen Pferdeschwanz zusammen, so konnte man gut die Sommersprossen auf ihrem Gesicht sehen und die großen mit Glitzer und Mascara geschminkten Augen. Immer wenn sie in den Spiegel sah, dachte sie sich, wie klein sie doch für ihre 16 Jahre war, aber dass sie trotzdem gut zu diesem Körper passte. Sie war eben nicht, wie alle Anderen in ihrem Alter. Wer sie nicht so akzeptierte, wie sie war, der hatte nun mal Pech.

Wenn doch sie oft darüber nachdachte, ob sie nicht ein wenig zu mollig war. Klar, sie war jetzt nicht jemand, der aussah, als würde er sich nur von Schokolade ernähren und dick war sie auch nicht, aber ein bisschen dünner wäre sie schon gerne. Allerdings war sie auch die Einzige, die das so sah. Alle anderen, die sie kannten, waren der Meinung, dass sie gut war, so wie sie sei. Ihrer Laune entsprechend, fand sie sich mal mehr und mal weniger damit ab.

Aber trotzdem würde sie sich nie für jemanden verstellen. Sie stand dazu, wie sie war. Pferde- bzw. generell tierverrrückt, sie liebte dass Landleben, war oft ziemlich kreativ und fantasievoll und außerdem manchmal auch etwas verträumt. Oftmals auch etwas zu emotional. Aber das war ja keine schlechte Eigenschaft. Oder?

Sie lächelte noch einmal ihrem Spiegelbild, in dem großen Wandspiegel zu und ging dann mit Lauren und Ray nach draußen zu den Stallungen.

Während Lauren das Radio einschaltete, griff Phoebe schon nach der Mistschaufel und fing an neben Milans Box - der noch in seiner Box stand und sie mit aufmerksamen Augen beobachtete - den ganzen Mist aus dem Türraum in die Mitte der Box, auf einen Haufen zu schaufeln. Lauren griff ebenfalls nach der Mistgabel und und begann mit dem Ausmisten, eine Box weiter, nachdem sie Phoebe und sich jeweils eine

Schubkarre hingestellt hatte. Phoebe sah zu, wie die Pferdeäpfel von der Schaufel in hohem Bogen auf die Schubkarre flogen und wie ihre Schaufel anschließend, fast wie von selbst nach unten sauste, um gleich die nächste Schippe Mist auf die Karre zu schaufeln.

Viele Mädels , die auf dem Hof reiten und helfen wollten, hatten ein Problem damit den Stall auszumisten. Mal hatten sie keine Lust, weil sie lieber reiten wollten, dann war es ihnen zu warm oder zu kalt, die Schubkarren wohl zu schwer, oder aus irgendwelchen anderen Gründen. Natürlich zählte Stallausmisten nicht zu den tollsten Aufgaben auf dem Hof, aber wer das Eine liebt, muss das Andere mögen! So hatte Phoebe in diesem Punkt immer gedacht. Da gab es gar keine Diskussion. Außerdem fand sie, dass man dabei ziemlich gut nachdenken konnte. Wenn dann dazu noch Musik lief und, wie heute aus dem Radio dudelte, dann sang sie oder tanzte heimlich mit. Allerdings nur, wenn keiner hinsah! Meistens hörte sie einfach nur zu, mistete ruhig die Box aus und dachte, wie sie es eigentlich ständig tat, über alles Mögliche nach, was ihr gerade so durch den Kopf ging. So auch heute. Sie schaufelte im Takt der Musik, den Mist in die Schubkarre. Das nasse Stroh mit den Pferdeäpfeln konnte auf die Dauer ganz schön schwer werden, aber das machte ihr nichts aus. Stattdessen musste Phoebe schon wieder daran denken, dass sie morgen wieder nach Hause fahren würde. Dorthin, wo ihre Familie war, wo sie ihre beste Freundin hatte, wo sie „eigentlich" Zuhause war. Aber es war auch da, wo sie jeden Tag zur Schule, in die 12. Klasse ging, wo es Schüler und Leute gab, auf die sie so gut verzichten könnte, wo sie nicht bei ihren, in Eichental wohnenden Großeltern, bei Gale und seiner Familie (Lauren und Ray), bei den Pferden und den ganzen anderen, von ihr heißgeliebten Tieren sein konnte. Dort hatte sie andere Verpflichtungen. In diesem Fall, bekam die Redewendung: „Das Leben ist kein Ponyhof" eine ganz neue Bedeutung, die zufällig genau auf Phoebes Situation passte.

Sie schüttelte den Kopf, als könnte sie so all ihre Gedanken aus dem Kopf vertreiben. Erst jetzt fiel ihr auf, dass sie nun die letzte Schubkarre füllte. Fertig und ab zum Misthaufen. Sie hatte eigentlich vorgehabt zu zählen, wie oft sie heute zum Misthaufen musste, um die Schubkarre auszukippen, aber mittendrin hatte sie vergessen zu zählen. War ja auch egal! Sie schob die Karre vor sich her und wühlte so den trockenen Sand auf, welcher wie braun – gelber Rauch durch die angenehm warme Luft wirbelte. Nachdem sie die Schubkarre geleert hatte und in den Stall zurück gegangen war, befüllte sie, zusammen mit Lauren die Boxen mit frischem Stroh. „Fertig!" „Super! Wenn du möchtest, kannst du Lexie von der Koppel holen und sie neben Milan in die Box stellen." rief Lauren. „Möchtest du sie jetzt reiten?" fragte Phoebe ihre Reitlehrerin. „Ne. Ich dachte du würdest vielleicht gerne ein bisschen auf dem Platz mit ihr reiten." „Ja, gerne! Darf ich dann auch über die kleinen Sprünge mit ihr?" fragte Phoebe aufgeregt. „Ja, kannst du machen." antwortete Lauren und im selben Augenblick schnappte sich Phoebe einen Führstrick, der neben der Stalltür, an einem Haken hing und rannte nach draußen. „Danke! Danke! Danke!" brüllte sie glücklich und stand im nächsten Moment neben der Koppel, auf der die süße Haflingerstute Lexie stand. Sie schlüpfte unter dem Zaun hindurch und ging ruhig auf die Stute zu. Lexie stand am Heutrog, Phoebe den Hintern zugewandt und würdigte sie keines Blickes. Aber das störte Phoebe nicht. Als sie direkt neben Lexie stand, streichelte sie ihr über das glänzende beige goldene Fell und kraulte sie hinter den Ohren. „Na, meine Hübsche! Hast du Lust, dich ein bisschen auf dem Platz auszutoben?" flüsterte sie liebevoll, während sie der Stute über die weichen Nüstern streichelte. Schließlich tastete sie nach dem Metallring am

Halfter und ließ den Panikhaken dort mit einem leisen Klicken einrasten. Dann führte sie Lexie am Strick zum Tor und öffnete es.

Bevor sie mit Lexie zum Stall ging, schaute sie noch einmal in den Himmel. Strahlend blau, vereinzelte Schäfchenwolken und Sonne. So mochte Phoebe es am liebsten. Vor allem diese sommerliche Wärme tat ziemlich gut. Lächelnd setzte sie sich wieder in Bewegung und am Stall angekommen, stellte sie das Pferd in die Box neben Milan.

Mit dem Striegel entfernte sie schnell den gröbsten Dreck und griff nach der Wurzelbürste, mit welcher sie schließlich den restlichen Dreck vom Pferdekörper entfernte. Als sie fertig war mit putzen, glänzte Lexies Fell wie neu, so auch ihre Hufe.

Phoebe ging in die Sattelkammer und holte Sattel und Trense. Sorgfältig legte sie Lexie den Sattel auf, schloss den Sattelgurt, strich die Satteldecke glatt und nahm dann die Trense in die Hand. Mit der rechten Hand umfasste sie die glänzenden Lederriemen , während sie mit der anderen Hand vorsichtig das Gebiss in Lexies Maul schob. Gleich darauf zog sie das Genickstück über die Pferdeohren und schnallte alle Riemen fest, zog den Sattelgurt noch einmal an und überprüfte, ob auch alles passend saß. „Kann`s losgehen?" fragte sie die Haflingerstute und holte noch schnell ihren Reithelm.

Wenig später führte Phoebe Lexie am Zügel auf den Reitplatz. Lauren hielt das Pferd fest, währen Phoebe aufstieg und oben nochmals überprüfte ob ihr Reithelm richtig saß. Sie nahm die Zügel auf und sah ihre Reitlehrerin an. „Alles ok?" fragte Lauren sie , nur zur Sicherheit. Sie nickte. „Ja, alles gut!" antwortete sie und ließ Lexie in ruhigem Schritt laufen. Um sie gut aufzuwärmen, ritt Phoebe mit Lexie eine Bahnfigur nach der anderen. „Durch die ganze Bahn wechseln", „auf dem Mittelzirkel geritten", „Volte", anschließend eine „Schlangenlinie mit drei Bögen", danach „aus der Ecke kehrt" und so weiter. Gleich darauf verfiel Lexie in einen gemütlichen Arbeitstrab und Phoebe dirigierte sie aufmerksam durch den Slalom. Hin und zurück.

„Leichttraben!" befahl Lauren mit freundlicher Stimme und beobachtete das Mädchen auf dem Pferd ganz genau, wie sie sich im Takt des Pferdes bewegte. Aufstehen, setzen, aufstehen setzen...

„Beine lang!", „Knie runter!" hallte es nun über den Platz. Auch wenn Lauren für Phoebe schon zur Familie gehörte (und andersrum genauso) und die Beiden sich wirklich gut verstanden, musste Phoebe trotzdem beim Reiten so einige (natürlich wichtige und gut gemeinte) Bemerkungen über sich ergehen lassen. Das war eben Reitunterricht.

Nach einigen weiteren Runden, Hufschlagfiguren und Slalom im Trab, erlaubte Lauren ihr, langsam mit dem Galoppieren und dem Springen über die kleinen Hindernisse anzufangen. Ein breites fröhliches Lächeln machte sich auf Phoebes Gesicht breit und sie überlegte wo sie wohl am besten anfangen könnte, den ersten Galopp zu reiten. Sie entschied sich für den Punkt C. „Aussitzen und dann in der Ecke angaloppieren!“ Sie nickte. „So meine Süße. Pass auf!“ machte sie die Stute aufmerksam und trabte auf C zu. Aussitzen, Galopphilfe und dann war es so weit. Lexie galoppierte an und Phoebe fühlte sich wunderbar. Sie passte ihre Bewegungen, denen von Lexie an und sah, wie alles an ihr vorbeizog. Für einen Moment vergaß sie alles um sich herum. Jetzt zählte nicht, dass sie morgen Abend nach Hause fahren musste, dass sie alle hier in Eichental so schrecklich vermissen würde und sich wieder auf die Schule konzentrieren musste. Nein! Jetzt, zählte nur dieser Augenblick. Sie, Lexie und der Wind, welcher ihr sanft durch die Haare wehte, während sie und Lexie im Galopp über den

Reitplatz flogen. „Ruhig! Lass sie langsamer galoppieren!" holte Lauren Phoebe mit ihren Anweisungen wieder aus ihrer Traumwelt zurück. Phoebe korrigierte ihren Sitz und verlangsamte den Galopp etwas. Schließlich parierte sie in den Trab und gleich darauf in den Schritt durch. Gleich würde es so weit sein. Gleich durfte sie mit Lexie den ersten Sprung ausprobieren. Er stand genau mittig, zwischen C und A. Sie ließ Lexie noch einmal die Hand wechseln und trabte ruhig und konzentriert auf der linken Hand. „Denk dran! Je mittiger du den Sprung anreitest, desto besser und leichter wird er für Lexie und dich." rief Lauren ihnen nochmals freundlich zu. Dann saß sie in der Ecke bis A aus und wechselte anschließend in einen ruhigen Galopp, während sie durch die Länge der Bahn auf das Hindernis zuritt. Die Stute hatte ein Ohr in ihre Richtung und das andere in die des Hindernisses gerichtet. Als würde sie nur auf das Signal gewartet haben, schoss sie los, auf das Hindernis zu. Phoebe gab die Zügel nach vorn und flüstert: „Jetzt!"

Lexie drückte sich mit ihren Hinterbeinen am Boden ab und plötzlich fuhr ein Ruck durch ihren Körper. Phoebe lehnte sich nach vorne und schon flogen sie über das Hindernis hinweg. Es fühlte sich wirklich wie fliegen an. „WAHNSINN!" rief sie glücklich. Lexie kam mit ihren Vorderhufen zu erst auf und galoppierte noch ein kleines Stück weiter. Das Mädchen strahlte übers ganze Gesicht. „Sehr gut, Phoebe!" rief Lauren ihr stolz zu und auch Phoebe wusste, dass dies wahrscheinlich der beste Sprung gewesen war, den sie überhaupt hätte machen können. Alles hatte gestimmt! Die Haltung, der Absprung, der kurze Galopp danach. Alles!

„Ich will nochmal!" lachte sie begeistert und klopfte der Haflingerstute liebevoll den Hals. „Das hast du super gemacht, meine Süße!" lobte Phoebe Lexie.

Kapitel 2

Abschiede. Phoebe hasste Abschiede! Jemanden, der ihr wichtig war, in die Augen sehen zu müssen und sich zu verabschieden, war eines der Gefühle, bzw. eine der Situationen, die sie oftmals ziemlich runter zogen.

Gerade stand sie vor Gale. „Auf Wiedersehen!" sagte er leise und nahm sie in den Arm. Sie wusste, wenn er sie jetzt loslassen würde und sie ihm antworten müsste, würde sie die Tränen nicht mehr zurückhalten können. Die Zeit hier war einfach viel zu schön, um sie jetzt einfach loslassen zu können. Die Tränen schossen ihr jetzt doch in die Augen. Alles verschwamm und sie drückte sich noch mehr an seine Schulter, damit ja keiner sah, wie sie weinte. Kurz darauf schob er sie liebevoll von sich weg und sah sie an. „Du kommst doch bald wieder!" versuchte er sie zu trösten. Er hatte es gemerkt. Na klar! Er war ja auch nicht blöd. Jeder Schwachkopf hätte ihr zittern bemerkt, während sie sich an ihn geklammert hatte. In dem Moment als sie zu ihm hoch sah, lief ihr eine Träne über die Wange. Na toll! Das auch noch. Schnell wischte sie sie weg und lächelte ihn aufmunternd an. „Ja. Bis in zwei Wochen oder so." schniefte sie und gab Gale einen letzten Abschiedskuss Dann sagte sie Ray noch auf Wiedersehen, der sie auch nochmal in den Arm nahm. „Ach Kleine. Du bist ja bald wieder hier!" Schließlich stieg sie zu Lauren ins Auto.

„Mach's gut Süße! Sei nicht so traurig!" verabschiedete sie sich ein letztes Mal, bevor sie die Tür ihres Autos schloss und Phoebe bis zur Haustür ihrer Großeltern begleitete, wo Phoebe liebevoll von ihren Großeltern und Eltern empfangen wurde. Nun waren die Ferien endgültig vorbei.Es waren zwar nur Pfingstferien, die eine Woche gedauert hatten, aber in dieser Woche hatte Phoebe so viele schöne Stunden auf dem Hof und bei ihren Großeltern verbracht. Lange wunderschöne Ausritte, gemütliche Abende mit Gale, morgens, wenn sie auf dem Hof geschlafen hatte, den super leckeren Cappuccino trinken, lustige und spannende Ausflüge und Reitstunden mit Ray und Lauren, schön frühstücken und andere lustige, schöne Momente mit ihren Großeltern, natürlich auch das Kuscheln mit den Pferden, Katzen und Hunden und das Herumalbern mit Gale und seinem besten Freund Tommy. Heute Abend, und bis dahin war es nicht mehr lange, würde sie wieder „Zuhause" in ihrem Bett liegen und sich an die wundervolle Zeit in Eichental erinnern. Tja. Und morgen würde die Schule wieder anfangen. Wie sie sich darauf freute... Nicht!

Kapitel 3

„Guten Morgen!" sagte ihr Vater, als er in Phoebes Zimmer kam, um sie zu wecken. „Aufstehen!" rief er freundlich und verließ auch schon wieder das Zimmer. Phoebe gab ein genervt knurrendes Geräusch von sich und gähnte lange und ausgiebig. Die Augen hielt sie jedoch geschlossen. Ab und zu blinzelte sie oder versuchte ihre Augen ganz zu öffnen, was ihr allerdings nicht wirklich gelang, Sie war einfach zu müde. Kein Wunder! Es war halb sechs Uhr morgens. Wer war da nicht müde, wenn er zur Schule oder Arbeit musste?! Auf dem Hof würde sie schon um halb vier oder so aufstehen. Das war schließlich was ganz anders! Die Tiere brauchten Futter. Die Lehrer in der Schule wurden trotzdem bezahlt, selbst wenn sie keinen Unterricht gaben. Man sah es ja an dem ganzen Ausfall, den Phoebe letztes Jahr hatte.

Na ja, Bezahlung und Tiere hin oder her. Aufstehen musste sie jetzt trotzdem. Müde schlug sie die Decke zurück und schälte sich aus dem Bett. Schließlich öffnete sie ihren Kleiderschrank und starrte hinein. Schon wieder, wie so oft, wusste sie nicht, was sie anziehen sollte. Phoebe griff einfach in den Schrank und kramte das dunkelrote T-Shirt und die schwarze Hose mit den goldenen Reißverschlüssen an den Hosentaschen hervor.

Punkt sieben Uhr setzte ihr Vater sie an der Schule ab. „Hab einen schönen Tag. Bis heute Nachmittag!" verabschiedete er sich von seiner Tochter. „Du auch. Ich hab dich lieb!" rief Phoebe ihm zu, als sie aus dem Auto kletterte. „Ich dich auch!" Sie zog ihren Rucksack von der Rückbank des Wagens und schwang ihn über ihre Schultern. Mit einem Lächeln und einem kleinen Luftkuss schloss sie die Wagentür und sah dem wegfahrenden Auto ihres Vaters hinterher. Dann drehte sie sich um und schlurfte über den Schulhof, in Richtung der Eingangstür. Eigentlich durften die Schüler vor halb acht nicht ins Schulgebäude. Allerdings durften sie sich ins Treppenhaus, hinter den Eingangstüren setzen. Und genau das tat Phoebe auch. Sie kramte ihre Kopfhörer aus der Jackentasche und steckte den Anschlussstecker in ihr Handy. Dann steckte sie sich die weißen In-Ear-Kopfhörer in die Ohren und schaltete die Musik an. Ihre Haare hatte sie zu einem Pferdeschwanz zusammengebunden, die jetzt auf und ab hüpften, während sie ihren Kopf im Takt der Musik bewegte. Im Treppenhaus war es noch ziemlich frisch dafür, dass eigentlich Sommer war.

Draußen schien schon die Sonne golden vom hellblauen Himmel hinunter. „Eigentlich viel zu Schade, an einem so schönen Tag nur in der Schule sitzen zu müssen." dachte Phoebe. Was würde sie dafür geben, jetzt mit Gale auf Milan und Lexie auszureiten, mit Nevio Bodenarbeit zu machen oder einfach nur ein bisschen mit ihm herum zu albern, gemütlich mit Lauren einen Cappuccino trinken, einen Familienausflug zu machen, Scarlett zu knuddeln oder eben alles andere, was man an einem Sommertag machen konnte. Stattdessen, würde sie jetzt bis vierzehn Uhr dreißig in der Schule rumsitzen und sich das Geschwafel über Kurvendiskussion in Mathe und andere Dinge anhören, welche sie später wahrscheinlich sowieso nicht gebrauchen konnte. Im Grunde ging sie gerne zur Schule. Jeden Tag konnte sie ihre beste Freundin Susan sehen, in Kunst soviel zeichnen, wie sie wollte und Deutsch war auch gar nicht schlecht. Während andere beim Thema erörtern literarischer Texte oder eine Analyse in Verbindung mit einer Interpretation schreiben, buchstäblich verzweifelten und auch beim kreativen Schreiben nicht wirklich besser zu recht kamen, hätte Phoebe tausende von diesen Texten schreiben können. Dafür hatte sie ihre Probleme in Mathematik. Wofür brauchte man bitte Kurvendiskussionen,

Polynomdivisionen oder das Lösen verschiedenster Funktionen? Immerhin wollte sie weder Mathematikerin, Physikerin, geschweige denn Mathelehrerin oder Architektin werden. Aber wenn sie in der 12. Klasse Mathe immer noch nicht abwählen konnte, musste dieses Fach eventuell doch wichtiger für sie sein, als sie vermutete. Es war vielleicht nicht so, dass Phoebe in Mathe gar nichts konnte, sonst hätte sie auf dem Zeugnis keine 3+ gehabt, aber sie hätte auch gerne auf dieses Fach verzichtet, wenn es möglich gewesen wäre.

Sport war eigentlich völlig ok. Sie hatte sich für einen Kurs entschieden, in dem sie tanzen und später turnen konnte. Phoebe war ziemlich gelenkig. Ein Spagat oder Bogengang, beziehungsweise Handstandüberschlag waren kein Problem für sie. Und tanzen machte ihr einfach Spaß, weil Phoebe Musik liebte. Damit ging alles leichter. Hausaufgaben, Stallarbeit, Haushalt, … völlig egal. Apropos Musik. Sie schaute auf ihr Handydisplay. Das Mädchen war so in Gedanken gewesen, dass sie die Musik gar nicht mehr wahrgenommen hatte.. Schließlich schaltete sie die Musik aus. In diesem Moment kam ihre beste Freundin Susan um die Ecke gebogen und durch die Tür gestiefelt. Schon an ihrem Gesichtsausdruck konnte Phoebe erkennen, dass etwas nicht stimmte. „Hallo! Was ist denn mit dir los?" fragte sie Susan besorgt, als sie sich zur Begrüßung umarmten. „Hallo. Ach, ich hab keine Lust!" seufzte sie genervt. „Super. Da sind wir ja schon zwei!" lachte Phoebe ironisch und Susan verdrehte grinsend die Augen. „Na komm! Lass uns erst mal reingehen." sagte Phoebe mit einem Blick auf ihre Handyuhr, die mittlerweile drei Minuten nach halb acht anzeigte. Vielleicht würde der Tag ja doch nicht so schlimm werden.

Besonders toll war der Tag nicht. Doch dann kam Phoebe in ihren Deutschunterricht. Die Lehrerin verkündete, dass sie bis zum Ende, der zwei Stunden, einen Aufsatz erwarte. „Jeder definiert Freiheit anders. Ich möchte, dass ihr diesen Aufsatz verfasst und darin definiert, was für euch Freiheit bedeutet." Die Klasse stöhnte laut und genervt auf. Nur Phoebe freute sich innerlich. Endlich ein gutes Thema! „Es gibt kein richtig und falsch, solange ihr genau erklärt und eure Argumente mit Beispielen belegt. Euer Aufsatz muss lediglich gut nachvollziehbar sein. Wem dieser Text gut gelingt, dem werde ich selbstverständlich, aber nur wenn ihr möchtet, entsprechend auch die gute Note eintragen. Sollte jemandem diese Aufgabe solche Schwierigkeiten bereiten, werde ich das ausnahmsweise nicht eintragen. Schließlich wollt ihr genauso sehr, wie ich, dass ihr gute Noten bekommt!" verkündete sie. „Wenn ihr möchtet, und am Ende der Aufsatz auf meinem Tisch liegt, könnt ihr dazu gerne mit Kopfhörern Musik hören!" erlaubte sie lächelnd. Es dauerte keine zwei Sekunden, bis Phoebe ihre Musik eingeschalten hatte, ihren rosa glitzernden Kugelschreiber in der Hand hielt und zu schreiben begann. Versunken in ihrer ganz eigenen Welt.

„Freiheit. Dieses Wort zu definieren, ist nicht einfach. Aber für mich ist Freiheit ein Gefühl. Ein Gefühl, welches in Momenten auftaucht, in denen wir merken, dass wir wirklich leben. Ja. Freiheit ist für mich ein Gefühl. Ich spüre sie, wenn ich auf dem Rücken eines Pferdes über ein Feld oder durch den Wald galoppiere, der Wind durch meine Haare weht und alles andere herum unwichtig erscheint. Wenn ich den strengen Regeln und Pflichten, des Alltages auf diese Weise entkommen kann. Freiheit ist das Gefühl, an nichts gebunden zu sein, niemandem eine Rechenschaft ablegen zu müssen. Es ist eine Art Losgelassenheit. Man selbst fühlt sich, als könnte einen nichts aufhalten, als könnte man den Mut für das größte und waghalsigste Risiko aufbringen, das es gibt. Freiheit macht glücklich! Jeder Mensch, jedes Tier, sollte sie kennen, denn Freiheit ist ein Gefühl, welches unserem Leben einen Sinn gibt.

Das Gegenteil von Freiheit, ist Gefangenschaft.
Eingeschlossen sein. In diesem Fall besteht meiner Meinung
nach keine Chance,sein Leben so leben zu können, wie man es
sich eigentlich wünscht. Erst vor kurzem habe ich gelesen:
„Frei zu sein, bedeutet nicht nur, seine eigenen Fesseln zu
lösen, sonder ein Leben zu führen, das auch die Freiheit
anderer respektiert und fördert. ". Das ist von Nelson Mandela.
Ich stimme ihm da voll und ganz zu. Freiheit wird von jedem
Menschen anders empfunden und man selbst sollte so tolerant
sein und das Gefühl bei anderen Menschen akzeptieren, auch
wenn man diese Meinung nicht teilt. Die, die nie erfahren
durften, wie sich Freiheit anfühlt, tun mir unendlich leid. Ein
Tier oder Mensch, der eingesperrt ist, misshandelt,oder gar als
Sklave benutzt wurde, beziehungsweise wird, kann sich
wahrscheinlich nichts mehr wünschen, als Freiheit. Und wenn
sie die Chance bekommen könn(t)en, diesem grauenvollen
Leben, zu dem sie gezwungen wurden, zu entkommen, dann
werden sie die Freiheit wahrscheinlich intensiver spüren, als
irgendjemand sonst. Sie werden glücklicher sein, als sie es
jemals waren Und vor allem, werden sie das Gefühl höher
schätzen, als alles andere. Das zeigt, wie wichtig Freiheit ist.
Man sollte sie niemandem enthalten oder wegnehmen. Man

kann sie aber auch niemandem aufzwingen, weil jemand, der unglücklich, aber vielleicht gar nicht eingesperrt ist, im Herzen trotzdem keine Freiheit empfinden kann. Wie ich schon sagte, es ist eine Art Losgelassenheit. Bei Milan, meinem Pflegepferd, wird mir die Freiheit erst richtig bewusst. Was sie wirklich bedeutet. Dafür bin ich ihm unheimlich dankbar. Das klingt womöglich etwas verrückt, aber bei diesem Pferd vergesse ich alles Schlechte um mich herum. Und wenn er mit mir, auf seinem Rücken galoppiert, ist da ein Gefühl, dass sich wie fliegen anfühlt. Als hätten wir Flügel. Vielleicht sogar noch ein bisschen besser. Ich bin dann unendlich glücklich. So sein zu können, wie man ist, ohne sich für andere zu verstellen oder zu etwas gezwungen zu werden, das bedeutet Freiheit für mich. Phoebe Bain"

Endlich Samstag! Phoebe schlug, noch etwas verschlafen die Augen auf. Für heute, hatte sie mit Susan eine Shoppingtour geplant. Sie wollte eine kleine Auszeit vom Alltag. Zusammen mit Susan würde sie wieder jedes Geschäft von Klamotten, bis hin zum Schreibwarenladen, nach neuen interessanten Dingen durchforsten. Vielleicht fand sie ein schickes Top oder ein neues glitzerndes Notizbuch, in das sie ihre Gedichte,

Kurzgeschichten, Briefe oder sonstiges Zeug schreiben konnte. Phoebe liebte das Schreiben. Daher auch Bücher. Während andere in einem Buch nur einen, scheinbar endlos aus Wörtern zusammengewürfelten Haufen sahen, konnte sie sich in Romanen, Thrillern, Kurzgeschichten, Gedichten und Jugendbüchern völlig verlieren und sich in jede einzelne Welt hineinversetzen. Literatur bestand nicht einfach nur aus Wörtern für sie. Sie bot ihr an, aus ihrem eigenen Leben zu verschwinden und einfach so in ein anderes hinein geführt zu werden. Für Phoebe hatten Gedichte noch eine Bedeutung. Vielleicht waren viele ziemlich kitschig oder schwer zu verstehen, aber für sie bedeuteten Gedichte, die vollkommen freie Art, seine Gefühle der Welt oder auch nur einer einzelnen Person mitteilen zu können.

Heute würde bestimmt ein toller Tag werden. Phoebe schwang ihre Beine aus dem Bett und lief zum Schrank. Es würde ein warmer Tag werden. Sie hat am Abend gehört, dass sie heute um die vierundzwanzig Grad bekommen würden. Ein perfekter Tag, um ihr weißes Sommerkleid mit dem Spitzenbesatz am Oberteil und den Spaghettiträgern zu tragen. Das Kleid fiel leicht an ihren Beinen hinunter und war oben eng. Phoebe hatte dieses Kleid getragen, als sie ein Abend mit Gale, seinem Vater

35

Ray und Lauren essen gegangen war. Dafür hatte sie ein super süßes Kompliment von Gale bekommen. Er hatte sein grau, blau, grün kariertes Hemd und eine schwarze Jeans getragen und sah für sie mega schön aus. Der Abend war toll gewesen. Nach dem Essen waren sie noch zu ihm gefahren und hatten bis früh morgens um halb vier geredet. Aneinander gekuschelt hatten sie auf seinem Bett gesessen, über die Zukunft und ihre Wünsche gesprochen. Sobald keiner mehr etwas zu sagen wusste, beugte sich Gale zu ihr hinüber. Er streichelte ihr über die Haare und sah ihr verliebt lächelnd in die Augen. „Du bist wunderschön! Hat dir das mal jemand gesagt?" flüsterte er. Sie konnte beinahe nicht mehr aufhören zu lächeln. Gale beugte sich weiter vor, bis sich ihre Lippen fast berührten. „ Ich liebe dich!" Phoebe sah ihm direkt in die Augen und lächelte. „ Ich dich auch!" antwortete Gale ebenfalls lächelnd und küsste sie.

Phoebe erinnerte sich gerne an diesen Abend zurück. Sie kramte in ihren Schminkkisten herum. Heute wollte sie auch gut aussehen. Sie entschied sich für den rosegold Glitzerlidschatten, eine schwarze Mascara, ein helles Puder und ein durchsichtig glänzenden Lippenbalsam. Vorsichtig tupfte sie das Puder auf ihre Wangen, den Lidschatten auf ihre Augenlider und trug anschließend Mascara auf ihre Wimpern und den Lippenbalsam auf ihre Lippen auf. Danach lächelte sie ihrem Spiegelbild zu. Zum Frühstück machte Phoebe sich schnell ein paar Pancakes selbst. Sie ließ sie so lange in der Pfanne braten, bis sie goldbraun waren. Gleich darauf legte sie die Pancakes auf einen Teller, streute Zimt darüber und machte sich einen Vanillecappuccino dazu. Die Pancakes schmeckten herrlich und passten hervorragend zum Cappuccino. Super Frühstück!

„Hey!" rief Phoebe, als sie Susan aus dem Bus aussteigen sah. Susan winkte ihr freudig zu und rief: „Hey!" zurück. Sie umarmten sich kurz und strahlten sich dann gegenseitig an. Während sie ins Einkaufszentrum gingen, redeten sie darüber, was sie für den Tag geplant hatten. „Weißt du schon, was du dir kaufen möchtest?" fragte Phoebe. „Nö." antwortete Susan. "Ok." Phoebe nickte. Als erstes gingen sie beide in ihren absoluten Lieblingsladen. Er hieß "Señorita de Libro". Eine Buchhandlung mit tausenden von wundervollen Büchern, DVDs, CDs, Bastelzeugs und Bürokram. Phoebe liebte diesen Laden seit ungefähr 7 Jahren. Ob nun ein spannender Thriller, ein süßes Teeniedrama oder ein Roman über Pferde, sie fand immer irgendetwas. Susan entgegen interessierte sich nicht wirklich für Bücher. Sie las eigentlich nur Mangas. Hatte sie einen Roman von Phoebe in der Hand, den sie ihr gerade zeigte, hatte sie niemals das gleiche empfunden, wie Phoebe, wenn sie dieses Buch in der Hand hielt. Für sie war es nichts besonderes.

Sie betraten also den Laden und Phoebe verschwand sofort in ihrer Lieblingsabteilung. Die verschiedenen Pferdebücher, Thriller und Jugendbücher lachten sie an. Wäre sie Millionärin hätte sie wahrscheinlich all die Bücher gekauft, die sie wegen ihres Preises immer wieder zurücklegen musste. Im Señorita de Libro fühlte sie sich immer gut aufgehoben. Die Bücherregale aus dem dunklen alten Holz, überall Bücher in verschiedenen Farben und Größen, die jeder eine andere Geschichte erzählten, die netten Verkäufer und Verkäuferinnen und die ruhige Atmosphäre ergaben einfach einen perfekten Ort für sie. Während sie hier nach Büchern die Regale durchstöberte, konnte sie oftmals alles andere aus ihrem Kopf verbannen.

Schon fünf Minuten später erschien Susan hinter ihr. „So ich habe alles. Hast du was gefunden?" fragte sie. Phoebe sah ein Mangabuch in ihrer linken Hand. Es leuchtete in einem Neongrün. Sonst mochte Phoebe Neonfarben, aber jetzt gerade störten sie diese knalligen Farben. „Nein. Ich möchte noch ein bisschen gucken." antwortete Phoebe. Kaum merklich verdrehte Susan die Augen. Wie Phoebe es hasste, wenn Susan mal wieder nur an sich dachte. Das war öfters mal so. Eigentlich hatte sie sich schon daran gewöhnt. Sobald Susan nichts mehr zu tun hatte, wurde ihr schnell langweilig. Und wenn ihr langweilig war, konnte sie ganz schnell mal eben die anstrengendste Person der Welt werden. Trotzdem hatte sie ihre beste Freundinn lieb, als wäre sie ihre Schwester. Phoebe drehte sich einfach um und suchte weiter im Bücherregal, nach interessanten Büchern. Schließlich fand sie eins. Vorsichtig zog sie es aus dem Bücherregal und sah es sich an. Es hieß: "Der Pferdeflüsterer". Der Name dees Autors, Nicholas Evans, wurde in einer gelben Schrift, aus Großbuchstaben über den Titel geschrieben. Der Titel hatte eine leicht verschnörkelte Schrift und einige Muster in den Buchstaben gezeichnet. Unter dem Titel stand in ebenfalls gelber Schrift "Roman". Das Buch hatte ein Softcover und auf der Vorderseite waren nicht nur der Name des Autors, des Buches und das Genre des Buches, sowie der Verlag zu erkennen, sondern auch ein, an einen Indianer Teppich erinnernden Hintergrund. Ganz oben konnte man ein gezeichnetes Pferd sehen und unten war eine bergige Landschaft mit strahlend blauem Himmel, weißen Wolken und einer weiten Weide abgebildet. Umrandet war alles mit einem weißen Rahmen. Vielleicht hätte Phoebe dieses Buch niemals interessiert, hätte sie nicht die Verfilmung des Buches gesehen. Es war ein bezaubernder Film, den sie sich auch schon oft angesehen hatte. Sie hatte nur gehört dass es davon auch ein Buch gab und wollte es schon lange mal lesen. Jetzt hatte sie endlich die Chance dazu. Also ging sie damit zur Kasse und legte es auf die Kassentheke. „Oh ein Pferdefan! Das Buch ist super! Ich habe es selbst gelesen. Viel Spaß damit!" sagte die Verkäuferin und lächelte das Mädchen an. Phoebe lächelte zurück, bezahlte und steckte das Buch anschließend in ihre Tasche. „Haben wir es dann?" fragte Susan genervt und grinste. „Ist ja gut. Ich komme doch schon!" lachte Phoebe. Zunächst gingen sie in einen Klamottenladen. Er war nicht wirklich etwas besonderes, aber man fand immer etwas das einem gefiel. Aufgrund der Preise, fragte man sich, ob man das Teil nun kaufen sollte oder nicht. Denn der Laden war nicht besonders billig. Innerhalb kürzester Zeit hatten sich aber beide dazu entschieden, nichts zu kaufen. Heute hatten sie doch nichts gefunden. Man musste sich ja auch nicht einfach mal eben so Klamotten kaufen, nur weil man gerade in einem Laden dafür war. Doch im nächsten Laden wurden Sie fündig. Susan hatte eine weite weiße Bluse gefunden mit vereinzelten schwarzen Blumen drauf und Phoebe ein knielanges, türkisfarbenes Sommerkleid, mit perlmuttglänzenden Knöpfen, und einem braunen Gürtel. Eigentlich das perfekte Kleid, für eine Sommerparty auf dem Land in Eichental. „Na, was sagst Du?" grinste Susan sie in der Umkleide an. „Sieht schick aus!" „Danke! Das Kleid sieht auch echt süß an dir aus! Das passt gut zu dir." antwortete Susan. Beide zogen sie ihre Teile wieder aus, ihre Klamotten wieder an und gingen zur Kasse um zu bezahlen. Als sie aus dem Laden wieder raus kamen, bemerkte Phoebe, dass ihr Magen knurrte. „Was hältst du von einer Asiabox?" fragte Susan in dem Moment. „Ey! Das wollte ich dich doch gerade fragen!" rief Phoebe mit gespielter Empörung. „Tja. Pech gehabt!" lachte Susan und beide gingen sie zum Asia Restaurant. Der Duft von gebratenen Nudeln und Gemüse, Hähnchen- und Entenfleisch, Saucen und asiatischen Gewürzen stand den beiden Mädchen in der Nase. „Einmal B3 mit süßsauer Sauce bitte." bestellte Phoebe ihre gebratene Nudeln mit Süßsauersoße und knusprig gebackenem Hähnchenfleisch. „Können Sie bitte erst die Soße und dann das Fleisch rein tun?" Die asiatische Verkäuferin nickte. „Ich bitte B2." sagte Susan. Phoebe fand das Essen das Susan immer bestellte ziemlich langweilig. Es waren einfach nur gebratene

Nudeln mit ein bisschen Gemüse dazu und klein geschnippeltes Hähnchenfleisch und Nudeln. Aber jedem das Seine! Mit ihren Boxen in den Händen, liefen sie zu einer Couch, von denen es im Center ziemlich viele gab. Zum Glück! Man hatte immer einen gemütlichen Platz zum sitzen. Dort ließen sie sich ihr Essen schmecken. „Mmh!" seufzte Phoebe. „Echt lecker!" seufzte auch Susan. Das Hähnchen knusperte, als Phoebe darauf kaute. Unter dem Fleisch kamen die gebratenen Nudeln und das Gemüse zum Vorschein. Die lecker duftende Süßsauersoße glänzte rötlich dazwischen hervor. Einfach ein Traum!

„So also ich hab eigentlich keinen Laden mehr, in den ich rein will." gab Susan zu, als sie mit dem Essen fertig waren. „Ich auch nicht. Dann lass uns einfach gehen oder?" „Ja können wir machen. Wenn du willst, können wir bei mir noch einen Film schauen!" schlug sie vor. „Gute Idee. Das machen wir!" stimmte Phoebe ihr zu.

Der Bus war überfüllt und Susan und Phoebe wurden dicht aneinander gedrückt. „Hätten die nicht einen Bus früher oder später nehmen können?" stöhnte Susan beim aussteigen. Doch Phoebe war in Gedanken gar nicht bei ihr. Sie dachte an Gale. An Milan. Einfach an Eichental. Eine Woche war sie jetzt schon weg. Zu lange, wie Phoebe fand. Aber 200 Kilometer waren halt nicht fünf Minuten von hier entfernt. Würde sie es je akzeptieren können?

Spät am Abend stieg Phoebe an der Bushaltestelle, in der Nähe von Susan's Hause in den Bus ein. Die Sonne ging schon langsam unter und die Umgebung war in ein kupferfarbenes Licht getaucht. Ein perfekter Sommerabend, wie sie ihn sich vorstellte. Im Bus zeigte sie ihre Fahrkarte vor und lief dann geradezu auf ihren Lieblingsplatz, neben der mittleren Tür am Fenster zu. Der Bus war nicht voll, aber leer war er auch nicht. Hier und da saßen ab und an ein paar Leute. Die meisten von ihnen starrten mit einem ausdruckslosen Gesicht aus dem Fenster. Worüber sie wohl gerade nachdachten? Phoebe interessierte das, auch wenn sie niemals eine Antwort darauf erhalten würde. Machten sie sich gerade darüber Gedanken, was sie gleich zu Abend essen wollten? Schwebten sie womöglich im siebten Himmel? Dachten sie, wie Phoebe, dass sie am liebsten von all dem Stress loskommen würden und ihr Leben so leben konnten, so wie sie es sich wünschten? Und nicht anders? Dachten sie vielleicht über etwas total absurdes nach? Wer weiß, womöglich über einen Banküberfall, Mord oder möglicherweise auch einfach, alles hinzuschmeißen? Wer weiß! Niemand konnte so genau in die Köpfe der Leute sehen und wissen, was sie dachten. Wahrscheinlich war das auch gar nicht so schlecht. Irgendwo musste man schließlich immer seine Privatsphäre behalten können.

Phoebe ließ sich auf den Platz am Fenster fallen und stellte ihre Taschen neben sich, auf den freien Platz. Sie sah auch aus dem Fenster. Das da draußen war eine Welt, viel zu groß für ihre Vorstellungen. Jeder lebte ein anderes Leben. War ihr Leben dann überhaupt noch etwas besonderes? Lebte jemand, in einem fremden Land vielleicht genau das gleiche, wie sie? Fragen über Fragen, die niemand zu beantworten wusste, stellten sich ihr immer, wenn sie im Bus saß oder eigentlich einschlafen wollte. Der Bus fuhr an einem weiten Feld vorbei. Die Sonne war schon halb hinter den Bäumen verschwunden. Als Phoebe auf das Feld blickte, sah sie in Gedanken, wie sie auf Milans Rücken darüber galoppierte, ohne Sattel und die Arme weit zur Seite ausgestreckt. Über Kopfhörer Musik von Randy Houser, OneRepublic oder BTS hörend, die braunroten Haare offen im Wind wehend, sowie Milans schwarze Mähne und Schweif. In diesem Gedankenfilm trug sie ihre blau, türkis und weiß karierte Bluse, eine schwarze Reithose und die dunkelbraunen Lederstiefel, welche man hinten zu schnüren konnte. Sie hatte die Stiefel von ihrer Tante bekommen und mochte sie sehr. Auf dem Kopf trug sie einen elfenbein-weißen cattleman Hut, den sie auf einem Flohmarkt superbillig, für 10 Euro gekauft hatte. Neu kostete so ein Cowboyhut auf Stetsonart, mal eben 120 Euro. Der Verkäufer wollte ihn loswerden und hatte sogar befürchtet, obwohl der Hut noch wie neu aussah, dass niemand ihn kaufen wollte. Deshalb war er mit dem Preis soweit runter gegangen und Phoebe konnte dem Hut einfach nicht widerstehen.

Plötzlich tauchte eine Nachricht ihrer Mutter auf ihrem Handybildschirm auf. Herausgerissen aus ihrem Tagtraum öffnete sie die Nachricht. „Wo bleibst du? DU hast den Müll nicht raus gebracht! Dein Zimmer sieht auch schon wieder aus, als ob eine Bombe eingeschlagen hat. Wann hast du denn mal vorgehabt da aufzuräumen?! Mach das du nach Hause kommst. Aber zackig Fräulein!!!" Phoebe stöhnte und verdrehte genervt die Augen. Hatte ihre Mutter nichts besseres zu tun, als sie ständig herumzukommandieren? Und bloß, weil sie vergessen hatte die paar Stifte auf ihrem Tisch ordentlich wegzupacken, sollte gleich ihr ganzes Zimmer aussehen, wie ein Schlachtfeld? Man konnte es wirklich übertreiben! Da freute man sich ja schon wieder richtig auf Zuhause...

Schließlich drückte sie auf Stopp und stieg an ihrer Haltestelle aus. Ihre gute Laune war jetzt endgültig verschwunden. Als sie ihre Haustür öffnete, mit der Hoffnung, ihre Mutter würde nicht vollkommen ausrasten, blickte diese sie nur verärgert an. Phoebe wollte sie umarmen und begrüßte sie mit einem Hallo, doch ihre Mutter schien sie einfach zu ignorieren. Wegen dieser simplen Sache! Phoebe drehte sich gerade um, um in ihr Zimmer zu gehen, da rief ihre Mutter mit kalter Stimme: „Du weißt ja, was du jetzt zu tun hast!" „Ja!" rief Phoebe zurück und begann genervt ihren Schreibtisch aufzuräumen. Ihre Tasche hatte sie in die Ecke gefeuert. Nachdem sie alle Stifte in ihre Boxen gesteckt, alle Scheren und Pinsel in die Kisten gepackt und den Rest ordentlich weggeräumt hatte, ging sie in die Küche. Sie musste ja noch ganz dringend den Müll rausbringen, sonst würde vielleicht die Welt untergehen oder so. Mit ihrem Handy in der Hand lehnte ihre Mutter noch immer an der Küchenzeile und beobachtete ganz genau, was ihre Tochter jetzt tat. Bevor Phoebe überhaupt den Mülleimer erreichen konnte, rief sie streng: „Denk an den Müll! Der stapelt sich da schon! Kannst ja auch nicht einfach mal auf die Idee kommen ihn gleich raus zu bringen!" Jetzt reichte es

Phoebe. „Was glaubst du, hatte ich jetzt in der Küche vor?!"
antwortete sie schnippisch und dachte sich dabei: „Aber stimmt
ja, meine Aufgabe, mein Problem!" „Ich glaube so nicht
Fräulein! Sonst kann ich hier auch ganz andere Seiten
aufziehen!" brüllte ihre Mutter nach ihrer schnippischen
Antwort. Ohne ein weiteres Wort zu sagen griff Phoebe nach
dem Mülleimer, der gerade so bis zum Rand gefüllt war, dachte
sich ihren Teil und lief nach draußen zu den Mülltonnen. Man,
wie sie das Alles hier satt hatte. Zum Glück waren bald
Sommerferien! Aber erstmal würde sie nächste Woche wieder
nach Eichental fahren. Weg von allem, dass sie hier runterzog
und ihr schlechte Laune machte.

Am Abendbrottisch schwiegen alle. Weder Phoebes Vater,
noch sie selbst sagte etwas. Bei ihrer Mutter war eigentlich
klar, dass sie schwieg. Sie war der nachtragendste Mensch,
neben Susan, den sie kannte. Wenn es ganz schlimmen Streit
gegeben hatte, konnte sie auch gut zwei Wochen sauer sein.
Diese Eigenschaft hasste Phoebe an ihr. Sie war das komplette
Gegenteil in diesem Punkt von ihrer Mutter. Phoebe konnte
jemandem nie lange böse sein. Streiten konnte sie auf den Tod
nicht ab. Deshalb war sie oft viel zu nett gegenüber Leuten, die

es eigentlich nicht verdienten, dass sie ihnen jedes Mal verzieh. Aber, was hatte es auch für einen Sinn wochenlang auf jemanden sauer zu sein, bei jeder Kleinigkeit und sich damit die gute Laune zu verderben? Richtig. KEINEN!

Nach dem Abendbrot lag Phoebe in ihrem Zimmer auf dem Bett und schrieb mit Gale. „Und was machst du so?" schrieb sie. Sie brauchte jetzt etwas Ablenkung. „Nichts besonderes. Du?" kam von ihm als Antwort. Wow, er war ja mal wieder super gesprächig. „Hab gerade Abendbrot gegessen. Ich hatte vorhin mega Zoff mit meiner Mutter." „Oh. Was ist passiert?" „Ach nichts gravierendes. Sie ist einfach total ausgerastet, weil ich den Müll nicht raus gebracht habe und mein Zimmer nicht aufgeräumt hatte, bevor ich mit Susan shoppen gegangen bin. Und jetzt ignoriert sie mich wieder." „Hä? Wie schwachsinnig! Nur wegen so einer Sache?" „Ja. Mich nervt es auch. Vor allem, erst brüllt sie mich an und jetzt ignoriert sie mich. Ist doch sinnlos! Ich meine ich hab sie wirklich über alles lieb, aber das kann ich einfach nicht verstehen." „Egal! Mach dir keine Gedanken. Wenn sie sich wieder eingkriegt hat, ist das doch vergessen." „Haha! Als ob sie sowas vergessen würde! Daran wird sie sich in drei Monaten noch erinnern." „Aaaaaalleeeeees klaaaaaaaar!" schrieb Gale und Phoebe musste lachen. In diesem Moment hatte sie genau das Gesicht von ihm im Kopf, das er immer dazu machte. Als Antwort schickte sie ihm einen lachenden Smiley. „Ich liebe dich!" schrieb er und ein breites Grinsen tauchte auf ihrem Gesicht auf. Er war so süß! Was würde sie nur ohne ihn tun. Glücklicher Weise hatte sie im Gefühl, dass er sich nie von ihr trennen würde. Später würden sie vielleicht heiraten. Sie ließ ihren Kopf in die weichen Kissen fallen und träumte mit offenen Augen vor sich hin.

Ein Garten auf dem Land voller rosafarbener und weißer Tulpen und Rosen. Braune Holzstühle mit weißen Bändern geschmückt. Ein Traualtar, ebenfalls mit Blumen und Bändern verziert, mit einem Podium aus dem selben Holz, wie die Stühle, hinter dem der Pfarrer stand und lächelte. Auf den Stühlen saßen ihre Eltern, Freunde und Bekannten. Die Sonne schien vom strahlend blauen Himmel. Die Vögel zwitscherten. Sommer. Vor dem Altar stand Gale. Er trug einen schwarzen Anzug mit einem roten Einstecktuch und einer roten Krawatte. Seine braunen leicht lockigen Haare hatte er leicht zurück gekämmt. Die schwarzen Lackschuhe sahen richtig gut an ihm aus. Genauso sein umwerfendes Lächeln, als Phoebe, auf Milan sitzend, von ihrem Vater zum Altar geführt wurde. Milan wurde mit weißen Rosen und roten Bändern geschmückt und das schwarze Leder seines Sattels und der Trense glänzten in der Sonne. Phoebe trug ein weißes Kleid, mit einem Tüllrock, der mit kleinen Glitzersteinchen besetzt war, mit Spitzenbesatz und Glitzersteinchen am oberen Teil. Schulterfrei und gehalten vom Neckholder. Das ganze Kleid verlief in einer A-Linie an ihr hinunter. Sie schien nur so vor Glitzer zu strahlen. Ihre Haare waren gelockt und in einem Halbzopf frisiert. Kleine weiße Blumen steckten darin. Als Phoebes Vater vor dem Altar hielt und Milan ebenfalls, streckte er seine Arme zu Phoebe hinauf. Lächelnd fing er sie auf, als sie vom Rücken des Pferdes rutschte. Sie lächelte ebenfalls. Ihr Vater gab ihr einen Kuss auf die Wange und umarmte sie. Dabei flüsterte er: „Wir haben dich ganz doll lieb!" und Phoebe stiegen kleine Freudentränen in die Augen. Schließlich übergab ihr Vater Gale seine Braut und setzte sich zu Phoebes Mutter. Milan wurde zurück auf die Koppel geführt. Nun standen Phoebe und Gale strahlend vor dem Altar. Im Hintergrund lief leise Musik von OneRepublic, die Phoebe so liebte, während der Pfarrer seine Rede hielt. Doch davon bekamen die Beiden fast gar nichts mit. Sie sahen sich verliebt in die Augen, hielten sich an den Händen und genossen den Moment. Dann kam die Frage, *auf die jeder gewartet hatte: „Möchtest du Gale deine, hier anwesende Braut Phoebe zur Frau nehmen? Sie lieben und ehren, bis das der Tod euch scheidet? Dann antworte jetzt bitte mit Ja, ich will." Gale sah ihr tief in die Augen. „Ja, ich will!" „Und möchtest du Phoebe deinen, hier anwesenden Bräutigam Gale zum Mann nehmen? Ihn lieben und ehren, bis das der Tod euch scheidet? Dann antworte jetzt bitte mit Ja, ich will!" Phoebe nickte und lächelnd sah sie zu Gale auf. „Ja, ich will!" Susan trat zu ihnen nach vorn und reichte ihnen die Ringe. Erst steckte Gale Phoebe den Ring an und dann sie ihm. „Sie dürfen die Braut jetzt küssen!" Sie lächelten sich an und dann küsste Gale Phoebe. Die Anwesenden klatschten und jubelten. In diesem Moment war einfach alles perfekt. Schließlich lösten sie sich voneinander und als Phoebe ihn nun ansah, stiegen ihr erneut die Freudentränen in die Augen und liefen ihre Wange hinunter. Gale nahm sie in den Arm und flüsterte liebevoll: „Nicht weinen, mein Schatz. Ich liebe dich über alles!" Vorsichtig tupfte sie ihre Tränen weg. „Ich liebe dich auch über alles!"*

Ach, wenn das nur Wirklichkeit werden könnte! Aber bis sie heiratete würde es noch eine Weile dauern.

Kapitel 4

Endlich Wochenende! Phoebes Mutter sprach immer noch nicht wirklich mit ihr. Eigentlich nur, weil sie bei Phoebes Großeltern waren. Aber jetzt saßen sie alle auf der Couch und schauten sich im Fernsehen „Kindsköpfe" an. Wenn ab und zu jemand lachte, dachte Phoebe darüber nach, wie gerne sie eigentlich mit ihrer Familie zusammen war. Aber sie wusste genau, wenn sie Sonntag wieder nach Hause fuhren, würde das ganze Anschweigen wie vorher weitergehen. Bei diesem Gedanken war ihr gar nicht mehr nach lachen zumute. „Ist alles gut bei dir? Bist du traurig?" fragte ihre Oma und sah ihre Enkelin besorgt an. Jetzt sahen auch alle anderen zu ihr. Na toll! „Nein. Alles gut!" rief Phoebe schnell. „Ich bin nur müde." log sie, damit ihre Großeltern sich keine Sorgen machen mussten. „Dann geh doch schon schlafen, Mausi." schlug ihr Opa freundlich vor und strich ihr mit der Hand über den Rücken. Sie nickte. „Ja. Das mache ich jetzt auch. Gute Nacht!" Phoebe gab jedem einen Kuss und eine Umarmung und wollte gerade durch die Wohnzimmertür und hoch in ihr Zimmer gehen, als ihr noch etwas einfiel. „Kann ich von morgen zu Sonntag bei Gale schlafen?" fragte sie. Alle sahen sich untereinander an. „Na klar! Kein Problem!" antwortete ihre Oma und Phoebe lächelte. „Dankeschön!" rief sie und war im nächsten Moment durch die Tür verschwunden.

„Morgen bin ich endlich wieder da." schrieb Phoebe Gale kurz bevor sie ins Bett ging. „Schläfst du hier?" fragte er. „Ja. Endlich mal weg von allem, was mich so runterzieht..." tippte sie in ihr Handy und löschte es dann aber gleich wieder. Sie wusste gar nicht, was dieser Satz für sie später noch wirklich bedeuten sollte.

Stattdessen schrieb sie: „Ja. Ich freue mich schon so!" „Ich mich auch! Bis morgen" antwortete er und sie schickten sich gegenseitig noch ein paar rote Herzen zu. Dann legte Phoebe ihr Handy weg, kuschelte sich in ihr Bett, atmete noch einmal tief durch, während sie darüber nachdachte, wie sinnlos der Streit mit ihren Eltern war und dass sie immer noch nicht wirklich mit ihr sprachen. Bevor ihr wieder die Tränen kamen, drückte sie ihre Augen ganz fest zusammen und legte ihren Kopf auf den Teddy, der immer auf ihrem Kissen lag, seit sie denken konnte. Das half immer ein bisschen. Und ein paar Minuten später schlief sie ein.

Am nächsten Morgen wurde sie von hellen Sonnenstrahlen und Vogelgezwitscher geweckt. Eigentlich wollte sie noch etwas schlafen und wälzte sich von einer Seite zur anderen. Aber umso mehr sie sich anstrengte einzuschlafen, desto wacher wurde sie. Also entschied sie sich doch aufzustehen. Mit einem Satz schwang sie ihre Beine aus dem Bett und stand auf. Mit halbgeöffneten Augen schlurfte sie in den Flur. Am Schlafzimmer ihrer Oma blieb sie stehen und schaute hinein. Alles war ruhig. Sie schlich leise weiter ins Bad und nahm ihre Zahnbürste aus dem Schubfach. Phoebe schmierte etwas Zahnpasta darauf und begann sich die Zähne zu putzen. Die Zahnpasta schmeckte nach Pfefferminz, das mochte sie. Während sie mit der Zahnbürste ihre Zähne putzte, bis sie vor lauter weiß zu strahlen schienen, sah das Mädchen aus dem Fenster. Heute würde ein wundervoller Tag werden. Vielleicht würde sie ein paar Sprünge mit Milan machen oder am Galopp mit Nevio arbeiten. Vielleicht würde sie den Stall ausmisten oder die Sattelkammer aufräumen. Aber vielleicht würde sie auch mit Gale zusammen in seinem Zimmer auf der Couch liegen und ein paar DVD's schauen. Sie seufzte beim Gedanken an ihn. Wie sehr hatte sie ihn schon wieder vermissen müssen. Mit einem Mal tropfte plötzlich Zahnpasta auf ihre Finger und ihr wurde wieder bewusst, dass sie noch im Badezimmer vor dem Spiegel stand, mit der Zahnbürste im Mund. Sie spuckte den Schaum aus und spülte ihren Mund noch schnell mit Wasser aus. Danach kämmte sie sich mit ihrer Bürste sorgfältig die langen, rotbraunen Haare und ließ sie offen über ihre, vom Sommer gebräunten Schultern fallen. Plötzlich kam ihre Oma ins Bad. „Guten Morgen, meine Süße!" rief sie, als sie ihre Enkelin ansah. „Guten Morgen, Oma!" antwortete Phoebe und lächelte ihrer Oma entgegen. Diese lächelte zurück und griff nun nach ihrer Zahnbürste. Wieder in ihrem Zimmer angekommen, zog Phoebe sich ihre navyblaue Reithose und dazu ihr schwarzes Shirt mit den rosanen Rosen an. Daraufhin lief sie die Treppe zur Küche hinunter. Sie konnte ja schon mal beginnen den Frühstückstisch zu decken. Geschirr klapperte und die Kühlschranktür schwang immer wieder auf und zu, als sie Teller, Tassen, Besteck, Wurst, Käse, Butter und Schokocreme auf den Tisch stellte. Anschließend goss sie jedem ein Glas Orangensaft ein und schnitt noch Tomate, Gurke und Paprika auf. Dann stellte sie Salz und Pfeffer auf den Tisch und legte für jeden 2 Brötchen in den Ofen, schaltete ihn auf hundertachtzig Grad, bei Ober-, Unterhitze und zum Schluss kippte sie Wasser in die Kaffeemaschine. Gleich darauf zählte sie noch ein paar Löffel mit Kaffeepulver ab und füllte dieses in den frisch eingelegten Kaffeefilter und schaltete auch die Kaffeemaschine ein. Fertig. Vielleicht würden ihre Eltern nun nicht mehr allzu sauer sein, aber woher sollten sie auch wissen, dass Phoebe das Frühstück gemacht hatte? Ihre Eltern würden erst in einer halben Stunde aufstehen. Bis dahin war ihre Oma dann schon längst unten.

Nach dem Frühstück kam Lauren und holte Phoebe ab. Auf dem Weg zum Hof hörten sie "Wherever I go" von OneRepublic ganz laut. Phoebe schwankte gedanklich zwischen Freude, endlich Gale, ihre geliebten Pferde vor allem Milan und alle anderen Tiere wieder zu sehen und der Trauer, die sie, ja nun schon seit längerem mit sich herum trug. Was für ein Chaos in ihrem Kopf! „Alles gut?" fragte Lauren und sah Phoebe kurz von der Seite an und anschließend wieder auf die Landstraße. „Ja, alles supi!" beteuerte Phoebe und sah geradeaus auf die Hofeinfahrt, welche sie gerade hinauffuhren. „Dann ist ja gut." Damit hatte Lauren mit dem Thema abgeschlossen und parkte im nächsten Moment das Auto neben dem Bauernhaus. „Gale ist drinnen." rief sie Phoebe beim Aussteigen über den Wagen hinweg zu. „Alles klar!" antwortete das Mädchen und lief ins Haus. Die Tür ihres Freundes stand offen. Leise spähte sie ins Zimmer hinein. Dort saß er. Der hübscheste Junge, den sie kannte. Der Junge, dessen jede Bewegung, jeder Blick, sogar jede Aussprache der einzelnen Worte, die er sprach, sie kannte. Diese wuschligen kastanienbraunen Haare. Diese wunderschön glänzenden Augen. Diese Stimme, die allein schon so viel in ihr auslösen konnte. War es überhaupt möglich, dass jemand so perfekt war, dass man so über seine, trotzdem vorhandenen Fehler, die jeder hatte, einfach hinwegsehen konnte? So perfekt, dass man die Liebe zu ihm sogar über alles andere stellte, ohne dies zu hinterfragen? Hoffentlich hielt das für immer!

Gale saß an seinem Schreibtisch und zockte sein Lieblingsgame auf der Ps4, die an seinen Flachbildfernseher angeschlossen war. Sein Headset war angeschaltet, so konnte er Phoebe nicht hören, als sie auf Zehenspitzen zu ihm schlich und ihm schließlich auf die Schulter tippte. Verdattert, dass plötzlich jemand, in der realen Welt seine Schulter berührte, drehte er sich um, drückte währenddessen auf Stop und nahm das Headset ab. Als er Phoebe sah, schlang er seine Arme um sie und drückte sie an sich. „Weißt du wie sehr ich dich vermisst habe?" flüsterte er in ihre weichen langen Haare. „Ich dich erst!" flüsterte sie zurück. Glücklich löste sich Phoebe aus seiner Umarmung, gab ihm einen Kuss und zog ihn hinter sich her, nach draußen zur Pferdekoppel. Sie wollte unbedingt noch Milan begrüßen. Der Wallach trabte ihr entgegen und wieherte freudig zur Begrüßung. „Na mein Schöner!" Gale verschränkte die Arme vor der Brust und spielte mit unterdrücktem Grinsen beleidigt. Phoebe schlüpfte durch den Koppelzaun und schmiegte sich an den weichen Pferdekörper. Milan drehte den Kopf und legte ihn an ihre Schulter, als wollte er sie ebenfalls umarmen.

Wenig später, so gegen frühen Nachmittag hatte sich Phoebe Nevio von der Koppel geholt, geputzt und gesattelt. Auf dem Platz ließ sie ihn im Trab über einige Cavaletti hopsen und übte an ihrem Sitz. Gale hatte sie mit zum Platz gezogen, damit er ein paar Bilder knipsen konnte. Lauren stand in der Mitte des Platzes. Heute war sie sehr zufrieden mit Phoebe auf dem geschecktem Pony und bei jedem Kompliment platzte Phoebe fast vor Stolz. Meistens trabte das Pony nur über die Stangen, anstatt zu springen, aber wenn er dann mal sprang lobte ihn das Mädchen ausgelassen. Sie lauschte den zwitschernden Vögeln und genoss die Wärme der Sonnenstrahlen auf ihrer Haut. Und wieder stellte sie sich die Frage, warum sie nicht immer so leben konnte.

Nach der Reitstunde belohnte sie Nevio mit einer Möhre und ein paar Leckerlies. Genüsslich kauend, ließ er sich dann wieder auf die Koppel führen und sah Phoebe hinterher.

Über dem Hof lag ein leckerer Duft. Ray hatte zum frühen Abendessen Steaks gebraten und Bratkartoffeln dazu gemacht. Zusammen saßen sie nun alle am Tisch, auf der Terrasse des Bauernhauses und ließen es sich schmecken. Die Sonne wanderte nebenbei immer tiefer und schließlich verquatschten sich die Vier, Lauren, Ray, Phoebe und Gale so sehr, dass die Uhr plötzlich 20:38 Uhr zeigte. „Oh schon so spät! Ich muss noch die Pferde reinholen und füttern." rief Lauren. „Kein Problem. Ich helfe dir! Dann geht's schneller." bot Phoebe sich an, was Lauren dankend annahm. Ray räumte derweilen mit seinem Sohn den Esstisch ab. Die Pferde wieherten alle wild durcheinander, als sie in ihrer Box standen. Milan trat immer wieder gegen seine Boxentür. Er forderte sein Futter. Bei dieser Lautstärke hätte man alle anderen Pferde vergessen können, nur ihn nicht. Bestimmt würden die Nachbarn, ein Dorf weiter, sie wegen Lärmbelästigung anzeigen, hätten sie das Gedonner von dem Pferd gehört. „Milan!" brüllte Phoebe mahnend und kippte eine Schippe Gerste in einen Eimer. Dazu gab sie noch zwei Möhren und schnippelte einen Apfel dazu hinein. Zum Schluss noch einen Schuss Rapsöl, vermischen und dann ab in den Futtertrog damit. Die Tür von Milans Box sollte ja noch etwas halten. „Gibst du jetzt Ruhe du verfressener Gaul!" scherzte Phoebe. „Guten Appetit und schlaf gut, mein Hübscher!" verabschiedete sie sich liebevoll von ihm. „Fertig!" rief Phoebe Lauren zu. Die nickte zufrieden. „Na dann. Ich gehe schon mal Zähne putzen, dann brauch ich später nicht mehr. Gute Nacht!" „Schlaf schön, Süße! Bis morgen." sagte Lauren und drückte sie, bevor sie zum Haus zurücklief. Dort angekommen, schnappte sich Phoebe ihre Waschtasche und verschwand im Badezimmer. Zeit, mal wieder die Augenbrauen zu zupfen, die Schminke vom Gesicht zu wischen und gleich duschen.

Nach einer halben Stunde war Phoebe fertig und putzte sich die Zähne. Danach sagte sie Ray gute Nacht und ging zu Gale ins Zimmer. Hinter sich schloss Gale die Tür, als er direkt nach ihr, vom Gute-Nacht-Sagen ins Zimmer kam. „Wer riecht denn hier so gut?" lachte er und zog Phoebe an sich. Er gab ihr einen Kuss und ließ sich lässig auf sein Bett fallen. Dabei zog er sie hinter sich her. Sie quiekte auf, weil sie das Gleichgewicht verlor und landete ungebremst in seinen Armen. „Hey!" rief sie protestiert und lachte. Dann kuschelte sie sich an ihn. Gale streichelte über ihr Haar und über ihre Schultern. Er lächelte und drehte sie neben sich. Schließlich lag er schräg über Phoebe und strich ihr eine Haarsträhne aus dem Gesicht. Wieder küsste er sie und Phoebe konnte für einen Augenblick alles ausblenden, was ihr eigentlich durch den Kopf ging. Nichts war in diesem Moment richtiger, als mit ihm hier auf diesem Bett zu liegen, in einem romantischen Kuss versunken und keinerlei Störungen, durch schlechte Gedanken oder lästigen Pflichten ausgesetzt zu sein. Nur das hier und jetzt zählte. Er zog die Bettdecke über sich und Phoebe und strich über ihren Bauch. Plötzlich setzte er sich auf und zog sein Shirt aus. Phoebe schluckte. Was sollte das denn jetzt werden?! Sie musste wohl etwas verdutzt oder erschrocken geschaut haben, denn er zog eine Augenbraue hoch und fragte: „Alles ok? Stört es dich mich oberkörperfrei zu sehen?" „Ja! Also ich meine Nein! Alles gut." stotterte Phoebe. Wie sollte man seinem Freund bitte sagen, dass es einem plötzlich zu schnell ging, bloß weil er sein Shirt ausgezogen hatte? Sie wurde rot und lachte nervös. In ihrem Kopf tauchten plötzlich Bilder auf, wie sich Gale an ihrem eigenen Shirt zu schaffen machte oder Gedanken daran, dass er heute vielleicht mehr wollte, als nur kuscheln und knutschen. Das wollte sie doch noch gar nicht! Gale legte sich zu ihr und küsste sie auf die Stirn. „Schatz, es ist alles gut! Ich weiß, dass du, was das betrifft noch schüchtern bist. Das ist überhaupt kein Problem! Hör auf so ängstlich zu schauen. Ich werde nie etwas tun, dass du nicht auch möchtest!" Sagte er beruhigend und lächelte ihr zu. Ein riesen Steinhaufen viel Phoebe vom Herzen und sie umarmte ihn dankbar. „Dankeschön!" hauchte sie. „Wofür? Das ist doch selbstverständlich!" antwortete er, küsste sie und nahm sie in den Arm. „Ich liebe dich doch!" „Ich liebe dich auch!" sagte Phoebe und küsste ihn erneut. An seinen warmen Körper gekuschelt, wurde sie urplötzlich wieder traurig. Es war einfach zu selten, dass sie Zeit mit Gale zusammen hatte. Viel zu selten war er da. Viel zu selten konnte sie mit ihm kuscheln. Viel zu selten küsste er sie. Und viel zu selten hatte sie die Chance, persönlich mit ihm Nächte durch zu quatschen und über das Leben zu philosophieren. Ja viel zu selten konnte sie seine Stimme hören. Denn auch telefonieren war einfach nicht das Selbe.

Kapitel 5

Phoebe lag im Bett neben Gale und konnte nicht schlafen.
Sie hatte zu viele Gedanken in ihrem Kopf. Warum
verstanden ihre Eltern nicht, dass sie hierher gehörte? Was
wäre denn, wenn sie für sich selbst schon längst ein
anderes Ziel gefunden hatte, als Ärztin zu werden?
Natürlich war ihr das früher sehr wichtig gewesen, aber
dieses Ziel rückte sofort in den Hintergrund, sobald sie
auch nur an Eichental dachte. Pferdewirtin werden, das
war ihr Traum. Sie gehörte einfach hier her. Schließlich
konnte sie doch auch hier ihr Abitur beenden! Ob nun in
Sunside oder woanders war doch letztendlich egal! Es
hatte schon so viele Diskussionen deswegen gegeben.
Aber nie hatte sie auch nur ein bisschen Verständnis dafür
bekommen. Nie hatte es jemanden wirklich interessiert,
WO sie glücklich war. Und vor allem hatten ihre Eltern
nie mitbekommen, dass sie hier in Eichental, immer am
glücklichsten war. Nein! Für ihre Eltern war doch nur
wichtig, dass sie die Schule gut hinbekam, gute Noten

schrieb, ihre Pflichten immer schön erledigte und ordentlich in der Spur lief. Alles Andere kam immer danach.

Sie wollte das nicht mehr! *Phoebe räum dein Zimmer auf! Hast du endlich den Müll rausgebracht? Denkst du auch mal an was anderes, als ständig nur an Pferde? Den Geschirrspüler hast du immer noch nicht ausgeräumt! Ich würde ja lieber lernen, als schon wieder zum Hof zu fahren, wenn ich nächste Woche eine Klausur schreibe. Deine Wäsche wäscht sich auch nicht von allein! Nee. Heute bleibst du mal Zuhause. Hast noch genug zu tun!* Sie konnte einfach nicht mehr... Viel zu lange hatte sie schon den ganzen Stress versucht in sich hinein zu fressen oder hatte sich selbst Vorwürfe gemacht, weil sie nicht ins perfekte Bild passte. Viel zu oft hatte sie versucht ihre Eltern umzustimmen. Wie lange sollte das noch so weiter gehen? Sollte sie sich denn auf ewig verstellen und das Leben so leben, wie ihre Eltern es wollten? Phoebe konnte nicht mehr still liegen. Und sie wusste, wenn sie nicht bald etwas unternehmen würde, würde sie noch verrückt werden und daran kaputt gehen. Wer weiß auf was für Ideen sie kommen würde, wenn sie endlich den Punkt erreicht hatte, an dem sie keinen sinnvollen Ausweg mehr wusste!

Und dann kam ihr ein Gedanke. Wie ein Blitz durchfuhr er ihren Körper und plötzlich war sie endgültig hellwach.

Sie musste verschwinden. Jetzt! Leise stand sie auf und packte ihre Sachen zusammen, nahm das vollgeladene Handy von der Ladestation, holte eine volle Flasche Wasser aus der Küche und zog sich an. Kurz bevor sie ging schlich sie zurück zum Bett und sah Gale durch Tränen hinweg an. „Ich liebe Dich!" flüsterte sie leise. Es gab aber nun mal keine andere Möglichkeit, als jetzt abzuhauen. Was sollte sie noch hier?

Phoebe beugte sich langsam vor und gab Gale einen Kuss auf die Wange. Als er kurz die Augen öffnete, flüsterte sie: „Alles gut Schatz!" und wartete kurz, bis er wieder eingeschlafen war. Dann schnappte sie sich ihren Rucksack und ging leise zur Haustür. Draußen angekommen stürmte sie in Richtung Stall. Es war drei

Uhr nachts und trotzdem konnte sie perfekt sehen, weil der Vollmond silbrig auf den Boden hinunter schien und die Umgebung in ein mystisches Licht tauchte. Sie öffnete leise die Stalltür und ging direkt auf Milans Box zu. In dem Moment, begannen die Hunde zu bellen. „Pscht! Ist doch gut. Ich bins doch nur!" zischte Phoebe und die Hunde verstummten. Milan sah sie durch seine dunklen Augen an, während sie die Tür zu seiner Box öffnete. „Mein Hübscher, es tut mir wirklich leid, aber ich brauche jetzt deine Hilfe. Ich kann einfach nicht mehr..." seufzte sie und griff nach dem Putzzeug. Sie holte die Wurzelbürste heraus und putzte ihn nur kurz über. Dabei liefen ihr die Tränen in Strömen an den Wangen herunter. Eigentlich konnte sie gar nicht glauben, was sie hier gerade tat.

Wenig später hatte sie den Wallach gesattelt, getrenst und nach draußen geführt. Vielleicht würden Ihre Eltern endlich einsichtig werden, wenn sie bemerkten, dass sie weg war... Was sollten sie machen!? Solange Phoebe mit

Milan zusammen sein würde, könnte keiner sie finden! Dann sollten sie doch alle ihr perfektes Leben leben. Ohne sie! Wenn Phoebe eins wusste, dann, dass sie sich nicht von anderen, egal wem, ihr Leben vorschreiben lassen wollte. Und wer sie vor lauter Frust, wegen einem winzigen Streit ignorierte, schien sie ja anscheinend auch nicht zu brauchen...

Sie stellte ihren linken Fuß in den Steigbügel, griff mit der linken Hand nach oben an den Sattel, drückte sich vom Boden ab und zog sich hoch. Gleich darauf nahm sie die Zügel auf, klopfte Milan den Hals und trieb ihn dann an. Im Trab ritten sie vom Hof. Phoebe drehte sich noch einmal um und sah zurück. Ihr Herz hämmerte wie verrückt und sie zitterte am ganzen Körper. Sie konnte das Adrenalin förmlich spüren, wie es durch ihre Adern schoss und drehte sich wieder um. Vorsichtig gab sie Milan die Galopphilfe und schon jagten sie auf den Wald zu, der so dunkel vor ihnen lag. Sie saß im leichten Sitz und hatte die Hände mit den Zügeln nach vorne gegeben, damit Milan so schnell laufen konnte wie er wollte. Ihre rotbraunen

Haare, die durch das Mondlicht glänzten, wirbelten hinter ihr im lauen Wind und mittlerweile, hatte sie aufgehört zu weinen. Die Bäume schienen an ihr vorbei zu fliegen. Der Duft nach Wald und Sommernacht, der ihr schon bekannt war und den sie so liebte, stieg ihr in die Nase. Bald darauf traten sie aus dem Wald heraus und Phoebe ließ Milan in den Schritt durchparieren. Das Feld auf dem sie nun ritt, war so lang, dass es aussah, als ob es bis in den Horizont reichte. Die Sterne am Himmel funkelten und eine schleierartige Nebeldecke schwebte über dem Feld. Phoebe schaltete ihr Handy ein und wählte im Menü ihre Musikalben. Dann suchte sie ihr Lieblingslied heraus und ließ die Musik aus ihrem Handy einfach laufen. Wenn das hier ein einfacher Ausritt gewesen wäre, dann hätte sie sich jetzt von seinem Rücken auf den Boden gleiten lassen, hätte sich hingelegt und in die Sterne geschaut, während Milan neben ihr graste und die Musik aus ihrem Handy dudelte. Aber das war es nun mal nicht.

Sie beugte sich nach vorne und legte sich auf Milans Hals. „Ach Milan... Was soll ich nur machen?" Als wollte er ihr antworten, wieherte er zurück.

Stunden vergangen und Milan trug Phoebe in einem gemütlichen Schritt immer weiter weg vom Hof. Mittlerweile war es halb sechs morgens und Phoebe brachte ihn zum stehen. Ein Glück verlief durch das Feld ein kleiner Fluss, an dem Milan sich erst mal satt trinken und grasen konnte. Auch Phoebe holte ihre Wasserflasche hervor. Sie schraubte den Deckel ab und trank einen großen Schluck. Das Wasser lief kalt ihren Hals hinunter und sie zog den Reißverschluss ihrer dunkelblauen Strickjacke etwas höher zu, nahm ihren Reithelm vom Kopf und stieg ab. Sie nahm Milan die Trense ab, machte ihm stattdessen ein Halfter um und lockerte den Sattelgurt. Am Strick hielt sie ihn fest und setzte sich im Schneidersitz in das Gras. Jetzt war sie schon ziemlich müde geworden und schaute sich gähnend um. Schließlich stand sie auf und führte ihn am Strick zu einem Baum, dessen große Äste fast bis zum Boden reichten. Dort band sie ihn fest, aber so, dass er noch fressen konnte. Sie kramte ihre Windjacke aus dem Rucksack und legte sich auf die Wiese. Mit der Jacke deckte sie sich zu. Nachdem sie nochmal geschaut hatte ob sie das Pferd fest genug angebunden hatte, fielen ihr die Augen zu und sie schlief erschöpft neben Milan ein.

Plötzlich wurde sie aus dem Schlaf gerissen, als Milan ihr mit seinen weichen warmen Nüstern ins Gesicht blies. Sein warmer Atem verteilte sich darauf und sie blinzelte müde gegen das helle Tageslicht an. Ihre Uhr im Handy zeigte 14:00 Uhr Nachmittag an. „Oh Gott! Schon so spät?!" entfuhr es Phoebe. Sie hatte ganze acht ein halb Stunden geschlafen. Hier! Das durfte ihr nicht nochmal passieren. Ansonsten wäre die Gefahr zu hoch, dass sie jemand fand. „Nachmittag..." sagte sie leise. „Ob die anderen schon nach mir suchen?" fragte sie sich laut. Na klar! Heute war Sonntag. Eigentlich müsste sie in zwei Stunden wieder bei ihrer Oma und ihren Eltern sein. Aber sie würde nicht zurück gehen. Nicht einfach so! Mit Milan am Strick lief sie los. Sie musste weiter kommen. In dem Moment kam eine Nachricht von Gale: „Wo bist du?" Das konnte sie ihm nicht sagen. So sehr sie ihn auch liebte. Er würde sie verraten, das wusste sie. Aber sie wollte ihn auch nicht einfach ignorieren. Das hatte er nicht verdient. „Mach dir keine Sorgen!" schrieb sie zurück und schaltete ihr Handy in den Flug Modus, so konnte sie keine Nachrichten mehr bekommen, wenn sie es nicht wollte. Ein unwohles Gefühl machte sich in ihr breit und mit jedem Schritt wurde sie immer trauriger. Würden ihre Eltern allein nach Fieldbrook zurück fahren? Bestimmt nicht. Aber eins war sicher. Sie würden sicher extrem sauer sein. Aber warum war das Phoebe nicht einfach egal? „Nein! Sie hat es doch auch nicht interessiert, was ich wollte! Warum sollte ich da an sie denken!?" dachte sie trotzig und wischte sich eine Träne aus dem Gesicht. Trotzdem huschte ein bisschen schlechtes Gewissen in ihren Gedanken mit, das sie aber versucht zu verdrängen. Das Gelände, durch welches sie mit dem Pferd lief bestand nur aus unendlich weiten Feldern und dichten grünen Wäldern. Es duftete nach Sommer und die Sonne brannte heiß auf sie hinunter. In ihrem Handy suchte sie nach einem See in ihrer Nähe, um sich abzukühlen und um Milan etwas zu trinken zu geben. Die Temperatur war laut der Wetteranzeige auf 29 Grad gestiegen. Tatsächlich war auf der Karte in der Nähe ein kleiner See abgebildet. Es würde allerdings zu Fuß eine Stunde dauern, doch das war ihr egal. Milan brauchte auch mal eine Reitpause. Und so lief sie mit ihm im Schatten eines Waldrandes am Feld entlang. Später holte sie Milan und sich einen Apfel aus dem Rucksack. Beide verschlangen sie schnell ihre Äpfel. Schließlich hatte Phoebe seit Stunden nichts mehr gegessen.

Endlich am See angekommen, ließ sie Milan ausgiebig trinken und streichelte ihn nachdenklich. „Ach wir lassen uns die gute Laune jetzt nicht verderben! Oder mein Süßer!" rief sie und drückte sich an Milans weichen Hals. Da fiel ihr ein, dass sie schon immer mal mit Milan ans Wasser wollte, um Fotos zu machen und jetzt war sie hier mit ihm und keine andere Menschenseele in Sicht. Schnell suchte sie aus ihrem Rucksack, der voll mit Klamotten, Äpfeln, Möhren und anderem wichtigen Krimskrams war, das weiße Sommerkleid heraus, warum auch immer sie ein Kleid dabei hatte und zog sich um. Das Kleid ging ihr bis zu den Knien, und war zusammengesetzt aus einem leichten doppelten Chiffon Rock als Unterteil und einem hübschen Oberteil, welches mit Spitze bestickt war. Phoebe kämmte noch einmal ihre und Milans Haare durch und stellte dann ihr Handy in eine gute Position. Nachdem sie den Selbstauslöser und die Serienaufnahme eingeschaltet hatte, drückte sie auf den Kameraknopf und stellte sich mit Milan ins Wasser. Zwischendurch wechselte sie die Position, damit sie viele schöne und verschiedene Fotos herausbekam. Die Nachmittagssonne schien auf das Mädchen und das Pferd hinunter. Mal stand sie mit ihm im Wasser, Kopf an Kopf und die Augen geschlossen, dann saß sie vor ihm auf der Wiese, der See im Hintergrund und Milan beugte seinen Kopf zu ihr hinunter. Anschließend saß sie auf seinem Rücken und er stand bis zu den Sprunggelenken im Wasser, dabei glänzte seine schwarze Mähne in der Sonne und sie war nach vorn auf seinen Hals gebeugt und lächelte. Sie standen eng nebeneinander und schauten in Richtung der langsam untergehenden Sonne, oder sie machte Fotos davon, wie Milan mit ihr über einen umgestürzten Baum sprang. Alles ohne Sattel, nur mit Zügeln. Phoebe genoss es, eine so schöne Zeit mit Milan zu verbringen. Ohne ihn würde das alles hier nicht funktionieren! Die Beiden hatten bei ihrem „eigenen Fotoshooting" so viel Spaß, dass Phoebe völlig die Zeit vergaß. Als sie fertig war mit Fotos machen, schaute sie auf ihre Uhr. Jetzt war es 19:30 Uhr. Aber egal. Sie hatte ja jetzt so viel Zeit, wie sie wollte! Begeistert sah sie sich die entstandenen Fotos an. Milan und sie sahen aus, wie ein Pferd aus dem Märchen und das dazugehörige verzauberte Mädchen. Wie in einem typischen Mädchenfilm eben.

Als Phoebe gerade ihr Handy wegpacken wollte, schaltete sie noch einmal die Karte ein. Wo sollte sie nur schlafen? Sie suchte nach verlassenen Scheunen, Höfen oder sonstigen Plätzen, wo sie mit Milan hin konnte. „Nichts."

seufzte sie. „Wo sollen wir beide, denn heute nur schlafen?" Sie sattelte Milan wieder und überprüfte noch einmal, ob seine Trense richtig saß. Dann stieg sie auf und trieb ihn an. Irgendwo musste sie doch etwas finden!

Während Milan mit ihr über die Felder galoppierte, versank die Sonne schließlich endgültig hinter den Bäumen des Waldes, welcher sie umgab. Der Mond trat hinter den Wolken hervor. Es war fast taghell. Phoebe passte sich Milans Galopptakt an und ihre Bewegungen waren bald miteinander verschmolzen. Als sie so dahin flogen, hatte sie tausende von Gedanken, die ihr durch den Kopf schwirrten. Würde sie je wieder nach Hause kommen und wenn ja, würde sie dann glücklicher sein? Würde sie jemals ihren Wunsch, in Eichental zu wohnen erfüllen können? Würden ihre Eltern sie je verstehen? Eine Träne rollte ihr über die Wange, die sie rasch wegwischte. Indes sie so in Gedanken war, flogen die Bäume nur so an ihr vorbei. Milan wollte gar nicht mehr auf hören zu galoppieren.

Doch plötzlich raschelte es neben ihnen, Milan stemmte alle vier Beine in den Boden und Phoebe wurde nach vorne geschleudert. Aus ihren Gedanken gerissen klammerte sie sich an Milans Hals fest. Im selben Augenblick riss er seinen Kopf nach oben, drückte sich mit den Vorderbeinen vom Boden ab und stieg. Es ging alles so schnell, dass Phoebe sich nicht mehr halten konnte. Mit einem erschrockenen Aufschrei fiel sie aus dem Sattel und schlug hart mit dem Hinterkopf auf dem Boden auf und knickte mit dem Fuß schmerzhaft um. Im nächsten Moment musste sie zusehen, wie Milan gefolgt von einer aufgewirbelten Staubwolke in den dunklen Wald galoppierte und zwischen den Bäumen verschwand.

„Milan!" rief sie ihm mit zittriger Stimme hinterher. Sie rappelte sich hoch und sofort schoss ihr ein drückender Schmerz, von ihrem Fußgelenk durch den Körper und auch ihr Kopf schmerzte, als hätte jemand versucht sie mit einem Brett zu erschlagen. Milan musste sich ziemlich erschreckt haben. Panisch sah sie sich nach ihm um und rief immer wieder seinen Namen. Ein Pferd mitten in der

Nacht zu finden, war schier unmöglich. Vor allem, wenn es eine so dunkelbraune Fellfarbe hatte wie Milan.

Kapitel 6

Trotz ihres schmerzenden Fußgelenks lief sie sofort in den Wald, um das Pferd zu suchen. Hoffentlich war ihm nichts passiert! Alles Andere war jetzt unwichtig.

Sie lief so schnell sie konnte und sah sich ständig zu allen Seiten um. Nirgendwo war auch nur die kleinste Spur von Milan. Kein Wiehern oder ein anderes Geräusch, keine Hufabdrücke, die sie erkennen konnte. Nichts. Und wieder kamen ihr die Tränen. Doch dieses Mal, ließ sie sie laufen. Sie wünschte sich, dass sie nie mit ihm abgehauen wäre. „Es war ein riesiger Fehler ihn mit zu nehmen. Was wenn ich ihn nicht mehr wieder finde? Was ist, wenn er verletzt ist?" schluchzte sie verzweifelt. Schließlich schaltete sie die Taschenlampe ihres Handys ein. Allerdings schränkte dieses Licht sie noch mehr ein und sie schaltete die Lampe wieder aus und dafür den Flugmodus ebenfalls. Sofort erhielt sie die ganzen Nachrichten und Meldungen verpasster Anrufe. Gale, ihre Eltern und auch Ray und Lauren hatten ihr hunderte von Nachrichten geschickt. Allerdings klangen ihre Eltern nicht besorgt, so wie Gale, Lauren und Ray, sondern eher extrem sauer. Der Unterschied war deutlich. Von der einen Seite: „Phoebe wo bist du?" „Geht es dir und Milan gut?" „Warum antwortest du nicht?" „Bitte komm zurück! Wir machen uns echt Sorgen!" und von der anderen Seite: „Wo bist du?" „So Fräulein, wenn du nach Hause kommst kannst du ein ordentliches Donnerwetter erleben!" „Wenn du dich nicht bald wieder blicken lässt hast du Hofverbot, bis du wieder richtig in der Spur läufst!" „Phoebe, wir suchen dich überall! WO BIST DU???"

Jetzt hatte Phoebe die Nase gestrichen voll. Anstatt sich Sorgen zu machen, reagierten sie einfach nur genervt und sehr verärgert! Doch das war ihr jetzt egal. Sie schaltete das Handy wieder aus und jetzt erst bemerkte sie, wie dunkel es um sie herum war. Verängstigt schlang sie ihre Arme um ihren Körper und schaute sich panisch um. Aber sie musste weiter gehen. Sie musste Milan finden!

Stunden um Stunden vergingen und sie konnte ihn einfach nicht finden. Seit 5 Stunden war sie schon unterwegs, um Milan zu suchen. Der Schmerz in ihrem Bein wurde immer schlimmer, sie war müde und ängstlich. Denn alles um sie herum, war in eine tiefe Dunkelheit getaucht. Mittlerweile war es 3 Uhr nachts. Ohne jeglichen Beweis, dass sich Milan hier überhaupt noch in der Nähe befand, schlich sie weiter. In der Hoffnung, dass ihr die Begegnung mit einem Wildschwein, oder ähnlichem erspart bleiben würde. Schon kurz darauf, konnte sie nur noch humpeln. Bei jedem Schritt den sie machte, schoss der Schmerz von ihrem Fußgelenk durch sie hindurch. Von den Schmerzen in ihrem Kopf, mal ganz zu schweigen. Erschöpft humpelte sie zu einem großen Baum, dessen breite Äste wie Hängematten aussahen. So gut es ihr möglich war, kletterte sie auf einen der breitesten Äste, an die sie herankam. Ihre, immer noch zitternden Finger schlossen sich um den Baum und mit dem nicht verletzten Fuß kletterte sie hoch. Oben angekommen, suchte sie neue Klamotten und die Jacke aus ihrem Rucksack. Auf dem breiten Ast sitzend zog sie sich um und ließ sich anschließend mit ihrem Rücken an den Baumstamm sinken. Im Dunkeln hatte sie keine Chance Milan zu finden und schon gar nicht, wenn sie so müde war, dass sie kaum die Augen offen halten konnte. Bis es hell war, konnte er zwar über alle Berge sein, allerdings war die Wahrscheinlichkeit, ihn bei Tageslicht zu finden definitiv höher! Also schloss sie die Augen und schlief auch sofort ein. Trotzdem hatte sie einen ziemlich unruhigen Schlaf und fuhr ständig hoch, als würde sie jemand zum Wachwerden aus dem

Schlaf hetzen. Falls sie schlief, träumte sie nur wirres Zeug von Milan. Wie er über die Felder galoppierte. Seine schwarzen Mähnen- und Schweifhaare flogen durch den Wind, sein braunes Fell glänzte in der orangegelb leuchtenden Sonne und der Himmel war strahlend in ein helles Blau getaucht mit vereinzelten kleinen weißen Wölkchen. Doch zwischendurch schob sich immer wieder ein dunkles Bild vor diesen Traum. Phoebe und Milan, bewegungsunfähig auf dem Waldboden liegend und umgeben von den roten Flammen eines Waldbrandes, welche sich immer bedrohlicher näherten. Als sie nur noch wenige Meter von dem Mädchen und dem Pferd entfernt waren, schreckte Phoebe plötzlich wieder aus dem Schlaf. Ihr Herz klopfte wie verrückt und sie musste sich erst einmal wieder beruhigen.

Durch die Bäume hindurch, sah sie wie die Sonne gerade aufging und dass der Himmel schon hell war. Vorsichtig kletterte sie vom Baum und sah sich um. Ihre Kopfschmerzen hatten nachgelassen, ebenso auch die Schmerzen im Fußgelenk, aber sobald sie weiter ging, kamen die Schmerzen wieder. Ein paar Meter weiter sah sie einen Fluss. Sie kramte ein Handtuch und Waschzeug aus ihrem Rucksack und legte

ihre Sachen am Rand des Flusses ab, in den sie nun stieg um
sich zu waschen.

Nach wenigen Minuten fühlte sie sich wieder frisch, zog sich
ihre rausgesuchten Klamotten an und steckte das Handtuch
und Waschzeug wieder ein.

„Vielleicht hab ich auf dem Feld mehr Glück, ihn zu finden."
überlegte Phoebe und ging langsam, gerade durch die Bäume
hindurch, aufs Feld hinauf. Mit den Füßen wirbelte sie beim
gehen Staub auf.

Auf einmal bekam sie ziemlichen Durst und trank ein paar
große Schlucke aus ihrer Flasche. Ein Glück hatte sie zwei
Flaschen Wasser eingepackt, sonst würde sie bald schon mit
dem Wasser nicht mehr hinkommen. Zum Frühstück kramte sie
sich einen grünen Apfel heraus. Es tat gut, den Apfel im Mund
zu zerkauen, so konnte sie sich wenigstens ein bisschen von
dem Gedanken, dass sie Milan vielleicht nie mehr wieder
finden würde, etwas ablenken. Sie machte sich solche Sorgen
um ihren Liebling, dass sie beim gehen nur noch starr
geradeaus sah und die Welt um sich herum fast gar nicht mehr
wahr nahm. Plötzlich verhakte sich ein Ast zwischen ihren
Füßen und sie stürzte zu Boden."Aua!" schrie sie auf und sah
zu ihrem Fußgelenk hinunter, das ohnehin schon total weh tat.

Letztendlich blieb sie einfach sitzen und ein Schwall von Traurigkeit überkam sie. Weinend saß sie nun auf dem Boden, die Arme um ihre herangezogenen Beine geschlungen und bekam sich überhaupt nicht mehr ein. Warum sollte sie auch? Phoebe wusste nicht einmal wo sie war, wie sie Milan je wieder finden sollte und ob sie überhaupt den richtigen Weg gegangen war. Eigentlich wollte sie nur noch, dass die ganze Aktion ein einfacher Traum war. „Oh man, was mach ich nur?" wisperte sie. Und sah in den strahlend blauen Himmel. „Was soll ich nur tun?" brüllte sie jetzt aus voller Kehle zum Himmel hinauf. Die einzige Antwort, die sie bekam, war das Gekreische einiger Krähen, die sich bei ihrem Aufschrei erschrocken hatten und sogleich in die Luft geflogen waren. „Schönen Dank auch!" knurrte Phoebe, strich sich die rotbraunen, von den Tränen völlig durchnässten Haarsträhnchen aus dem Gesicht, stand auf und ging weiter auf dem sandigen Feldboden, während sie sich weiterhin aufmerksam umsah. Vögel flogen über den Himmel. Die Bäume wiegten sich leicht im Wind und die Sonne stieg immer höher. Ihre Blicke schweiften über das Feld, durch die Bäume hindurch und wieder zurück. Nur um Milan wieder zu finden, hätte sie gerade fast alles getan. Aber sie konnte ihn einfach nirgendwo sehen. Trotzdem ging sie weiter. Doch umso mehr Zeit verstrich, desto mehr schwand ihre Hoffnung. Was tat sie hier nur? Sie sah auf ihre Handyuhr. 12:00 Uhr. In dem Moment kam eine Nachricht von ihrer besten Freundin Susan aus Fieldbrook: „Phoebe wo bist du? Wir vermissen dich! Deine Eltern haben mich schon gefragt, ob ich weiß wo du bist. Warum hast du mir nichts erzählt? Was ist los? Du weißt doch, dass du mir alles erzählen kannst! Bitte komm zurück und melde dich! Geht es dir gut? Bitte antworte mir!" Bei diesen Worten merkte Phoebe, wie sich ein dicker Kloß in ihrem Hals fest setzte. Sie hatte doch so oft Susan die Ohren vollgeheult und sie um Verständnis gebeten, wenn es um Eichental ging. Aber jetzt hatte sie mal eine Sache alleine entscheiden müssen. „Es tut mir leid" schrieb sie nur zurück und packte das Handy wieder weg. Sie musste sich doch jetzt weiter auf die Suche nach Milan machen! Während sie ihre suche auf einem Waldweg weiter fortsetzte, dachte sie darüber nach was sie jetzt tun würde wenn sie in Fieldbrook wären. Sie würde neben Susan in der Klasse sitzen, in der Schule in Sunside und müsste Matheaufgaben lösen. Und im Moment wäre ihr das echt lieber gewesen. Sie hatte solche Angst Milan, nicht wieder finden zu können. „Ach Milan! Ich brauche dich doch!" seufzte sie mit Tränen in den Augen. Er hatte bestimmt schrecklichen Hunger oder vielleicht Durst und sie konnte nichts machen. Zwischen den Bäumen konnte sie plötzlich etwas braunes, großes hindurch schimmern sehen. Es sah aus wie ein Haus. Wenn hier jemand wohnte, dann konnte ihr dieser jemand vielleicht helfen, Milan wiederzufinden. Aber konnte sie einfach so einen Fremden, mitten im Wald nach Hilfe fragen? Schlimmer konnte es doch eigentlich nicht mehr kommen. Also stiefelte sie in den Wald hinein, in die Richtung des Hauses. Es war ein kleiner Hof Punkt er bestand aus einem Haus und einer kleinen Holzscheune. Der Garten war verwildert und das Haus sah schon ziemlich verfallen aus. Die Fenster waren eingeschlagen und dahinter war es dunkel. An den Wänden des Hauses waren einige Graffitis gesprüht worden, aber diese sahen auch schon ziemlich alt aus. „Hallo?" Phoebe war ängstlich. Was, wenn hier irgendwelche Verrückten durch die Gegend liefen? Es war ziemlich still und obwohl es taghell war fürchtete sich Phoebe. Sie ging zur Haustür und stieß diese ein Stück weit auf. Nun strahlte etwas Licht in das Haus hinein. Sie kam in eine Küche, in der noch fast alle Möbel vorhanden waren, außer ein Herd und ein Kühlschrank. Ziemlich viele Schränke, ein Tisch und vier Stühle standen darum. Auf dem Boden lagen Scherben verstreut. Sie knirschten laut, als Phoebe die Küche betrat und sich darin umsah. Doch in der Küche konnte sie nichts Interessantes finden. Die Schränke waren leer. Sie ging wieder in den Flur und schaute in ein Zimmer hinein, das früher wahrscheinlich einmal das Wohnzimmer gewesen war. Jetzt stand nur noch eine orangefarbene, alte, dreckige Couch darin und davor war eine kleine Feuerstelle angelegt worden, die wahrscheinlich einmal ein Obdachloser oder irgendwelche Jugendlichen benutzt hatten. Wer auch immer auf die Idee kam ein Feuer in einem Haus anzuzünden, der war bestimmt nicht ganz richtig im Kopf gewesen und trieb sich hier hoffentlich nicht mehr herum. Das Wohnzimmer hatte einen kleinen Erker, der in einer Ecke hinter einer Wand etwas versteckt lag. Darin stand nicht, als ein kleiner Nachtisch. Phoebe öffnete die Schublade und entdeckte plötzlich einen winzigen Kettenanhänger. Es war ein kleines bronzefarbenes Schaukelpferd und sah sehr hübsch aus. Phoebe nahm es achtsam aus der Schublade und sah es sich genauer an. Hier würde es nur weiter herum liegen. Anscheinend war seit Jahren niemand mehr hier gewesen. Ob sie den kleinen Anhänger einfach so mitnehmen konnte? War es geklaut, wenn keiner mehr hier wohnte? Das Grundstück war ja auch nicht abgesperrt gewesen. Phoebe hätte es leid getan, das Schaukelpferdchen wieder zurückzulegen, bis es irgendwann in der alten Schublade genauso verrottete, wie das Haus und die alte Schäune. Vielleicht brachte der hübsche Kettenanhänger ja Glück? Und hier würde es keinen interessieren, was damit passierte. Es wohnte schließlich keiner mehr hier. Sie lächelte auf das kleine Schaukelpferdchen in ihrer Hand hinunter und schloss ihre Finger darum. Vorsichtig steckte sie es in ihren Rucksack und lief wieder nach draußen. Sie musste Milan weiter suchen. „Milan!" brüllte sie in den Wald. Es hallte durch die Bäume. Alles sah so gleich aus. In diesem Moment fühlte sie sich, wie ein Farbenblinder. Zwar konnte sie die Farben alle sehen, aber sie ließen sie kalt. Die fröhlichen Töne der kleinen Wiesenblumen, die zwischen dem grasgrünen Moos blühten, welches von gelbgrünem Sonnenlicht, das durch die Blätter der Bäume strahlte zu leuchten schien und der hellblaue Himmel über ihr interessierten sie nicht. Ob sie nun grau waren oder eben nicht spielte ohne ihr Herzenspferd, wie sie Milan nannte, keine Rolle. Vielleicht war es wirklich eine dumme Idee gewesen, einfach abzuhauen. Nicht nur vielleicht. Ganz wahrscheinlich sogar. Alles zu verlieren, was ihr wichtig war, war nicht Phoebe's Plan gewesen. Milan war weg. Wenn sie nie wieder nach Hause fand, würde das Leben dort irgendwann einfach ohne sie weiter gehen. Keine Familie, keine Freunde, kein Zuhause, wo sie hingehörte. Irgendwann, nach allem Suchen würden sie es alle aufgeben. Dann würden sie alle irgendwann einfach vergessen...

Das war alles zu viel für Phoebe. Warum war sie nur so dumm gewesen? Sie schlurfte aus dem Wald. Milan war nicht hier. Als sie wieder auf dem Waldweg ankam drehte sie sich noch einmal um. Wo sollte sie nur weitersuchen? Sollte sie wieder zurück, dahin, wo sie von Milan gestürzt war oder nach vorn, geradeaus weiter?

Plötzlich hörte sie ein Geräusch. „Moment mal..." wunderte sie sich. Und als sie begriff, was das für ein Geräusch war, was da näher kam, versuchte sie so schnell in die Richtung zu laufen, wie sie konnte. Ihr Fußgelenk schmerzte immer noch ziemlich doll. Das Hufgeklapper kam näher. „Milan? Milan!" rief sie und dann bogen plötzlich zwei Pferde um die Kurve des Waldweges. „Phoebe?" kam es aus der Richtung. „Lauren? Ray?" rief Phoebe glücklich und erstaunt als sie die beiden Reiter erkannte, die da auf sie zu galoppierten. Tatsächlich sie waren es! Lauren und Ray hielten vor ihr und sprangen vom Rücken der Pferde Lexie und Bobby. „Mensch Phoebe, was machst du denn!" rief Ray, glücklich das Mädchen wiedergefunden zu haben und Lauren nahm sie erst einmal in den Arm. „Man, Süße! Wir haben uns solche Sorgen um dich gemacht! Wo warst du nur?" In dem Moment fing Phoebe an zu weinen. Die Tränen schossen ihr aus den Augen und sie erzählt alles, was passiert war, warum sie überhaupt abgehauen war und so lange sie zitternd und schluchzend, wie ein kleines Kind alles erzählte, hielt Lauren sie fest an sich gedrückt.

„...Und dann ist Milan plötzlich gestiegen und ich bin runter gefallen." berichtete sie. „Geht es dir gut?" fragte Ray besorgt. „Na ja ich glaube, ich habe mir den Fuß verstaucht und ich habe Kopfschmerzen. Aber das ist jetzt nicht wichtig! Milan ist abgehauen. Ich bin sofort aufgestanden und ihm nach als ich gestürzt bin, aber er war einfach zu schnell und plötzlich zwischen den Bäumen verschwunden! Ich suche ihn seit gestern Abend schon." „Und wir suchen dich! Phoebe, lass uns doch erst mal deinen Fuß durchchecken lassen. Das ist jetzt wichtiger!" „Nein ihr versteht das nicht. Milan ist weg. Ich weiß nicht wo er ist! Es tut mir schrecklich leid! Was ich gemacht hab, war ein Riesenfehler! Ich..." „Stopp, stopp, stopp! Beruhige dich erst mal!" versuchte Lauren sie zu beruhigen. „Wir gehen jetzt zuerst zum Hof und dann sehen wir weiter." sagte Ray und setzte Phoebe auf den Rücken der Haflingerstute Lexie, die Lauren geritten war, damit sie sich ausruhen konnte. „Aber bis nach Hause dauert es doch Stunden! Ich wahr schließlich zwei Tage unterwegs!" „Ach quatsch! Im Prinzip bist du nur im großen Bogen um den Hof geritten. Hier reiten wir doch immer lang!" grinste Ray. Erst jetzt fiel es auch Phoebe auf. Gemeinsam gingen sie zum Hof zurück. Doch anstatt sich richt zu freuen, dass sie wieder nah Hause kam, musste sie die ganze Zeit an Milan denken. Wo konnte er nur sein?

Zwischendurch hatte Ray Gale und ihre Eltern angerufen und ihnen erzählt, dass Phoebe wieder da war. Als sie wieder auf dem Hof ankamen, standen Jessica und John Bain zusammen mit Gale schon am Stall und warteten auf die Drei. „Sie werden mich nie wieder hierher lassen..." seufzte Phoebe, als sie ihre Eltern schon aus einiger Entfernung sah. „Rede erst mal mit ihnen. Sie haben sich wirklich Sorgen gemacht und werden froh sein, wenn du wieder da bist!" sagte Lauren beschwichtigend. Am Stall angekommen rutschte Phoebe vorsichtig von Lexies Rücken. „Mausi wir haben uns solche Sorgen gemacht! Wo warst du denn?" „Ich konnte einfach nicht mehr!" platzte Phoebe jetzt heraus. „Die ganze Zeit ist euch nur wichtig, dass ich gute Noten schreibe, meine Pflichten immer sofort erledige und ja das ordentliche Mädchen bin, dass Abitur machen will, um Ärztin zu werden! Aber das ist mir einfach zu viel geworden! Ich bin nun mal kein perfektes Töchterchen! Das ist mir echt viel zu viel Stress! Ich bin froh, wenn ich das Abitur überhaupt bestehe. Da kann ich nur von Glück reden, wenn ich es schaffen WÜRDE, so wie ich es mir anfangs vorgestellt habe. Und ob ich mein Abitur nun da oder woanders mache ist doch völlig egal! Das, was ich wirklich will, ist hier bleiben. Hier werde ich mein Abitur genau so beenden können, wie in Sunside. Und ich werde hier auch genau die gleichen Pflichten erledigen können. Aber hier ist einfach der Ort, an dem ich am liebsten bin! Hier sind die ganzen Tiere, Gale und Oma und Opa und der Hof! Ohne das alles hier wäre ich nur halb so glücklich!" rief sie und sah Gale an. Der nahm sie einfach in den Arm und gab ihr liebevoll einen Kuss auf die Wange. „Ja und was ist mit uns? Und hast du vielleicht einmal daran gedacht, wie sich Susan fühlen würde wenn du wegziehst?!" machte ihre Mutter ihr gleich wieder einen Vorwurf. „Wir haben schon so oft darüber diskutiert!" redete ihre Mutter ruhig, aber bestimmt weiter. „Ja

91

eben das ist es! Ihr denkt nur darüber nach wie ihr euch fühlt, wenn ich weg bin! Aber habt ihr euch mal gefragt, wie ich mich sonst fühle? Findet ihr es okay, dass ich ständig unglücklich bin?" „Natürlich nicht! Aber auch du denkst nicht über andere nach! Du kannst nicht von einem Tag auf den anderen umziehen! Das ist nicht immer so einfach, wie du es dir vorstellst" „Nein. Vielleicht nicht einfach, aber es ist auch nicht so kompliziert, dass es unmöglich wäre. Und außerdem versuche ich mit euch schon seit Monaten darüber zu reden!" Die Diskussion ging noch eine ganze Weile so weiter. Gale, Ray und Lauren waren in der Zwischenzeit schon gegangen, um die Pferde abzusatteln und auf die Koppel zu bringen. Irgendwann beendete Phoebes Mutter die Diskussion einfach, in dem sie von Phoebes Argumenten nichts mehr hören wollte. „Hast du ein Glück, dass wir dich für die ganze Woche in der Schule als krank gemeldet haben, sonst würden wir jetzt sofort nach Hause fahren! Von mir aus kannst du die Woche noch hier bleiben, Aber Freitag fahren wir nach Hause! Und dann war's das erst einmal für den nächsten Monat mit herfahren!" erklärten ihre Eltern und stiegen ins Auto um zu Phoebes Großeltern zu fahren. „Bis Freitag!" riefen ihre Eltern ihr noch zu und Phoebe nickte noch einmal, bevor sie vom Hof fuhren.

Kapitel 7

Nun stand sie auf der Brücke und schaute hinunter. Die Gedanken rasten in ihr umher, wie die Autos unter ihr, auf der Autobahn. Durch die Kopfhörer in ihren Ohren dröhnte ihr Lieblingslied in voller Lautstärke. Vielleicht etwas zu laut, um alles klar und deutlich verstehen zu können. Aber egal! Phoebe konnte das Lied sowieso auswendig. Und als sie so hinunter starrte, hatte sie das Gefühl, dass die Wege, die sie gehen konnte, immer weniger und unmöglicher wurden. Bis für sie nur noch ein Weg ganz zutreffend erschien. Ihre Hände glitten über das metallene Geländer und ehe sie sich versah, bewegte sie sich, wie von selbst und kletterte über das Brückengeländer. Schon stand Phoebe auf der anderen Seite.Sie starrte so lange auf die, unter ihr fahrenden Autos, bis sie schließlich vor ihren Augen verschwammen und nur noch wie kleine dunkle Punkte über den Asphalt huschten. Dann drehte sie sich um und breitete ihre arme zur Seite aus. Eine Träne lief an ihrer Wange hinunter, als sie die Augen schloss und sich rücklings einfach fallen ließ. Was wäre, wenn sie nicht gesprungen wäre? Wäre der ganze Stress irgendwann vergangen? Wäre Milan wieder aufgetaucht? Hätte dieses ständige Vermissen endlich aufgehört? Der Schmerz in ihren Gedanken? Wäre es irgendwann leichter für sie geworden? Oder hätte sich ihr Traum, nach Eichental zu ziehen jemals erfüllt? Wäre dieses bescheuerte Fernweh endlich vergangen? Hätte sich denn je etwas für sie zum positiven geändert? Einiges wäre sicherlich vergangen, das war ihr schon klar. Aber, wie sollte denn der ganze andere Rest erträglicher für sie werden? Wie das klang! Jeder Erwachsene hätte gesagt sie solle sich nicht so haben, sie sollte erst mal in deren Alter kommen um zu verstehen, was „richtige Probleme" waren. Doch wo lag denn da der Unterschied? Ob man nun total am Boden war und nicht weiter wusste, wegen Stress durch Eltern, Schule, Liebeskummer, Leistungsdruck und so oder, weil man zu viele Rechnungen, Schulden, zu wenig Lohn und so etwas hatte. Das Endresultat von zu viel Stress, würde doch immer das Gleiche bleiben. Traurigkeit.

Aber hätte sie vielleicht doch noch eine Lösung für ihre Probleme gefunden? Jetzt war es eh zu spät.

Plötzlich schlug Phoebe die Augen auf. Sie lag nicht, wie vermutet mit hunderten zersplitterten Knochen auf dem Boden der Autobahn. Nein. Sie starrte an Gales Zimmerdecke, von ihrer Matratze aus. Ihr Kopf wummerte, als würde er jeden Moment explodieren und Phoebe zitterte am ganzen Körper. Was für ein schrecklicher Traum. Auf diese Idee würde sie doch nie kommen! Das konnte sie gar nicht! Sie war so froh, dass alles doch nur ein Traum gewesen war und dass sie die Chance hatte, alles wieder in Ordnung zu bringen. Sie würde Milan finden!

Nachdem sie sich wieder beruhigt hatte sah sie auf die Uhr, die bei Gale an der Wand hing. 2:35 Uhr. Noch ziemlich früh. Aber sie wollte nicht bis zum Morgen warten, um Milan zu suchen. So leise es nur ging, kroch sie aus dem Bett. Als dieses kurz aufquietschte, befürchtete sie, Gale würde aufwachen und drehte sich erschrocken zu ihm um. Es sah aber nicht so aus. Also drehte sie sich wieder vorsichtig zurück und sah sich in dem Zimmer um. Alles war dunkel. Ihre Augen gewöhnten sich langsam an die Dunkelheit und schließlich konnte sie etwas mehr als nur die Umrisse der Möbel im Zimmer erkennen. Vorsichtig schlich sie zu dem Stuhl, auf welchem ihre Klamotten und ihr Rucksack lagen. Schnell kramte sie ein paar neue Klamotten hervor und und zog sie an. Während sie sich als letztes ihren braunen Pulli über den Kopf streifte und ihn anschließend glatt strich schaute sie aus dem Fenster. „Milan wo steckst du nur?" fragte sie sich. Es fühlte sich schon wieder wie ein riesen Kloß in ihrem Hals an. Was konnte sie denn schon anderes tun, als ihn suchen zu gehen? Eben. Nichts! Sie liebte dieses Pferd so sehr, dass sie alles dafür tun würde um ihn zu finden. Selbst wenn alle dagegen waren, weil ja die Polizei schon nach ihm suchte. Aber wie lange sollte sie denn noch darauf warten, dass sie den Wallach endlich fanden! Entschlossen lief sie zur Zimmertür, öffnete sie und trat leise hinaus. Im Flur holte sie rasch ihre Stiefel unter dem Holzhocker, der an der Küchentür stand hervor und schlüpfte hinein. Mit leicht zittrigen Händen zog sie die Schnürsenkel fest zusammen, band einen Knoten und schließlich eine Schleife. Sie richtete sich auf und ging zur Haustür. So leise sie konnte öffnete sie sie und verließ das Haus. Als sie die Tür wieder von außen schloss, klickte sie kurz. Der Himmel war immer noch schwarz, aber durch die vielen Sterne und den Vollmond war es hier draußen sehr viel heller, als im Haus. Auf einmal packte sie von hinten eine Hand am Arm. „Was machst du denn hier draußen?" Phoebe drehte sich um und sah nach oben direkt in Gales Augen. Sie wusste nicht, was sie sagen sollte. Ihr Hals war plötzlich wie zugeschnürt und Tränen schossen ihr in die Augen. „Ich... Ich kann hier nicht so einfach rumsitzen, seelenruhig schlafen und darauf warten, dass jemand Milan findet." seufzte sie. Die Tränen liefen ihr an den Wangen hinunter. „Was wenn er verletzt ist?" schluchzte sie und wischte sich übers Gesicht. Gale trat einen Schritt näher an sie heran und nahm sie in den Arm. „Hey. Es kommt schon wieder alles in Ordnung! Die finden ihn schon!" versuchte er sie zu trösten. „Nein!" rief Phoebe aufgebracht und stieß ihn leicht von sich. Allerdings etwas fester, als sie es gewollt hatte. „Nein. Sie finden ihn nicht! Seit Tagen suchen sie ihn und sind kein Stück weiter! Was soll denn noch passieren, bis sie ihn endlich wiederfinden?" Er starrte sie nur an. War das Verwunderung in seinem Gesicht? „Ich gehe ihn jetzt suchen!" sagte sie fest entschlossen und wandte sich um zum gehen. Jedoch ließ er sie nicht los. „Es ist mitten in der Nacht!" murmelte er mehr zu sich selbst, als das er es zu ihr sagte. Dann blickte er zu ihr. „Wenn du ihn schon mitten in der Nacht suchen willst, dann komme ich wenigstens mit." sagte er und lächelte sie an. „Dankeschön!" freute sie sich und beide verließen sie nun den Hof. „Vier Augen sehen sowieso mehr , als zwei."

Zusammen liefen sie den Weg in Richtung Wald entlang. Keiner sagte ein Wort, nicht weil auch nur einer von beiden glaubte sie würden Milan sofort finden, sondern, weil Phoebe die Hoffnung noch nicht aufgab und Gale das im Gegenzug für völlig schwachsinnig hielt, mitten in der Nacht nach einem dunkelbraunem Pferd zu suchen. Phoebe wusste das. Und ihr war auch klar, dass er jetzt viel lieber in seinem Bett liegen und schlafen würde. Gale ist nur mitgekommen, weil er sie nicht alleine im dunkeln durch den Wald laufen lassen wollte. Sie versuchte sich nicht darauf, sondern auf die Suche nach Milan zu konzentrieren. Der Wind ließ die Blätter an den Bäumen um sie herum laut rauschen. Kleine Steinchen und Äste knirschten und knackten unter ihren Füßen, die Luft war angenehm frisch und duftete nach Wald und Regen Als könnte Phoebe etwas über ihrem Kopf erkennen, legte sie den Kopf nach hinten und schaute hinauf zum Himmel. Doch außer ein paar schwarzen Umrissen der Bäume, welche sich ein bisschen vom sternenklaren Himmel abhoben, konnte sie keine Wolken sehen. Sie achtete auf jede Bewegung, jedes noch so leise Geräusch. Gale schlurfte neben ihr her. „Aber er hat gerade bestimmt ganz andere Gedanken im Kopf..." dachte Phoebe etwas traurig. Ihr Freund könnte sich auch ruhig mal bemühen, ihr beim Suchen zu helfen. So gingen sie weiter. Ab und zu schaute Phoebe auf ihr Handy. Die Zeit verging, aber sie hatte das Gefühl, nicht voran zu kommen. Wenn es so einfach wäre, Milan zu finden, hätte die Polizei das doch bestimmt schon längst getan. Nachdem ungefähr drei einhalb Stunden vergangen waren, der Himmel langsam heller wurde und die Uhr in ihrem Handy mittlerweile 5:57 Uhr anzeigte, schwand Phoebes Hoffnung, Milan zu finden immer mehr. „Lass uns langsam zurück gehen." sprach Gale sie auf einmal an. Seit sie los gegangen waren, hatte er keinen Ton von sich gegeben. Deshalb riss er sie vollkommen aus ihren Gedanken. Sie drehte ihren Kopf zur Seite und schaute ihn an. Am liebsten würde sie ihm widersprechen, allerdings wusste auch sie, dass der Sinn, nach Milan zu suchen immer geringer wurde. Mit einem kurzen Nicken drehten sie sich um und liefen in Richtung Feld, um von dort wieder nach Hause zu laufen. Mit hängenden Schultern trottete Phoebe neben ihm her. Nach reden war ihr überhaupt nicht. Und so schwiegen sie bis sie am Hof ankamen. Ein schnelles „Gute Nacht" und dann lagen sie wieder in ihren Betten. Enttäuscht schloss Phoebe ihre Augen und wünschte sich in diesem Augenblick, sie nie wieder öffnen zu müssen.

Als sie einige Stunden später wach wurde und die Augen aufschlug, war der Himmel grau und bedeckt.. Missmutig stellte sie fest, dass Gale immer noch schlief. Er würde wohl noch ein paar Stunden schlafen und ihr war auch nicht danach, ihn zu wecken. Jetzt erst bemerkte sie, dass sie sich gar nicht die Mühe gemacht hatte, sich die Klamotten wieder aus zu ziehen. Da sie ja, wie frisch angezogen waren, behielt sie sie an und machte sich auf den Weg in die Küche. „Ach. Guten Morgen!" begrüßte Lauren sie freundlich. „Guten Morgen!" grüßte Phoebe zurück und zwang sich ein Lächeln aufs Gesicht. „Kaffee ist schon fertig. Möchtest du?" „Nein, danke. Aber darf ich mir einen Cappuccino machen?" fragte sie. „Natürlich ist doch alles da!" lachte Lauren und zur Bestätigung nickte Phoebe lächelnd zurück. Dann drehte sie sich zum Schrank, öffnete die Tür und griff nach der, ihr gut vertrauten Cappuccinodose. Sie schaltete den Wasserkocher ein und füllte das braun-weiße Pulver in eine auberginelila farbene Tasse. Anschließend verschloss sie die Dose wieder und stellte sie zurück in den Schrank, während sie darauf wartete, dass das Wasser kochte. Sobald der Wasserkocher klickte, nahm sie ihn, schüttete das heiße dampfende Wasser in ihre Tasse und setzte sich zu Lauren an den Tisch. Langsam rührte sie mit dem silbernen Teelöffel in ihrem Cappuccino herum und starrte den kleinen Strudel darin nachdenklich an. Ihre Laune schien, wie das Wetter draußen zu sein. Trübe und dunkel. Sie sah zum Fenster, wo dicke Regentropfen gegen die Scheibe prasselten. Es war, als würde es draußen immer dunkler statt heller werden und Phoebe war eigentlich nur nach weinen zumute. Am liebsten hätte sie sich in die Sattelkammer gesetzt, ihren Kopf in den, auf den Knien verschränkten Armen versenkt und sich somit für die ganze Welt gern unsichtbar gemacht. Aber da sitzen und Trübsal blasen brachte ja auch nichts wieder in Ordnung. Lauren bemerkte, dass etwas mit dem Mädchen nicht stimmte und fragte besorgt: „Phoebe ist alles gut bei dir?" Wie von einem Blitz getroffen, riss sie ihren Kopf hoch und sah Lauren überrascht an. „Ja. Alles gut!" log sie und versuchte sich zu einem Lächeln zu zwingen. „Na! Bist du sicher?" hakte die junge Frau noch einmal nach und musterte sie eindringlich. „Ja, wirklich!" lachte Phoebe und setzte ihre Tasse an, um etwas zu trinken. Der Cappuccino schmeckte süß und lecker. Wahrscheinlich das Einzige, für das sie sich heute begeistern konnte.

Wenig später stand sie in Reithose, Gummistiefeln und einer Mistschaufel im Pferdestall und lud den ganzen Pferdemist in die große blaue Schubkarre. Ihre Miene war gleichzeitig ernst und konzentriert, als auch finster und traurig. Sie konzentrierte sich so sehr auf die Stallarbeit, dass sie nicht einmal bemerkte, als Ray den Stall betrat und sie ansprach. Nach dem dritten „Phoebe? Hallo-o?!" bekam sie es endlich mit und sah ihn entschuldigend an. „Oh tut mir leid! Ich hab dich gar nicht bemerkt." gab sie etwas peinlich berührt zu. „Ja, das habe ich gemerkt!" lachte er mit seinem tiefen Lachen. „Ich wollte bloß fragen, wann du morgen nach Hause fährst?" sagte er nun. „Vielen Dank, für diesen Schlag ins Gesicht!" dachte Phoebe bitter und murmelte nur: „Weiß ich noch nicht. Aber wahrscheinlich am Nachmittag so gegen sechzehn Uhr." Dann senkte sie ihren Kopf und begann erneut mit der Arbeit. „Ok." antwortete Ray nur und verließ gleich wieder den Stall. Stunden später war sie mit dem ganzen Stall fertig und schlich zur Ponykoppel. Sie wollte jetzt unbedingt allein sein und nicht gestört werden. Der kleine gescheckte Ponywallach Nevio trabte ihr gleich freudig entgegen und sie gab ihm eine kleine Möhre, die sie ihm extra mitgebracht hatte. Schließlich schlüpfte sie unter dem Zaun durch und setzt sich in das Gras neben ihn. Er beugte seinen süßen Kopf zu ihr nach unten und ließ sich genüsslich hinter den Ohren kraulen. Dabei fielen dem Pony die Augen zu. „Ach, Nevio." seufzte Phoebe. Er öffnete seine Augen wieder und sah sie mit großen Augen an, als würde er sie verstehen und ihre Gedanken lesen können. „Meinst du, wir finden Milan wieder?" Seine Augen glitzerten, obwohl die Sonne nicht schien. Das eine war dunkelbraun und sah aus, als steckten darin kleine Goldpartikel und das andere war hellblau mit vielen schönen und dunklen Akzenten um die Pupille herum.

Um sich etwas aufzumuntern stand Phoebe wieder auf und lief mit ihm über die Koppel. Er stand allein auf seiner Koppel, aber das störte ihn nicht, weil sie direkt neben der großen Koppel lag, auf welcher ein Großteil der anderen Pferde stand. Brav lief er ihr hinterher und war ganz aufmerksam. Im nächsten Moment fing sie an zu rennen und auch Nevio trabte sofort an. Als sie schließlich noch schneller wurde, galoppierte er an und dann ganz brav hinter ihr her. Sie lachte und Nevio stellte seine Ohren nach vorne. Blieb sie stehen, hielt er sofort direkt neben ihr. Wurde sie schneller trabte oder galoppierte er an. Was sie auch machte, egal wohin sie als nächstes lief, das Pony tat es ihr gleich. Nach einer ganzen Weile ließ Phoebe sich erschöpft ins Gras fallen und legte sich auf den Rücken. Nevio stand neben ihr und schaute sie erwartungsvoll an. Er dachte wohl sie würde gleich wieder zu laufen beginnen. Mit einem Mal begann es wieder, wie verrückt zu regnen. Mit einem genervten Schnauben sprang sie auf und drückte zum Abschied noch einmal das Pony an sich. Sein weißes,, schwarz-getupftes Fell glänzte durch die Nässe noch viel mehr und seine Mähne hing tropfend an seinem Hals herunter. Wie auch Phoebes Haare, die sich durch den Regen dunkel verfärbt hatten und nun wie braune lange Tücher ihren Rücken hinunter hingen. So schnell sie konnte machte sie sich daran, wieder ins Haus zu kommen. Aber es war sowieso schon zu spät. Sie war klatschnass bis auf die Haut. Wenn sie Glück hatte, würde sie hoffentlich einer Erkältung entgehen.

„Hey Phoebe. Ich muss mit dir reden.!" sagte Gale etwas zerknirscht und schloss seine Zimmertür. „Okay?!" antwortete Phoebe. „Also. Wie sag ich das jetzt am besten?" begann er und lachte nervös auf. Das Lachen verwirrte Phoebe etwas. Was wollte er ihr nur sagen? War es ihm peinlich? „Na ja... Also... Ich hab irgendwie keine Gefühle mehr für dich." brachte er hervor und sah ihr direkt in die Augen. Phoebe fühlte sich sofort, wie vom Blitz getroffen. Hatte er das gerade wirklich gesagt? „Okay. Hast du einen bestimmten Grund?" fragte sie mit zittriger Stimme. Sie wunderte sich, dass sie nicht anfing zu weinen. Hallo! Ihr Freund machte gerade mit ihr Schluss! „Nein. Keine Ahnung. Das kam einfach ganz plötzlich." Jetzt stieg ein Hauch von drückender Wut in Phoebe hoch. „Einfach so? Ohne das was passiert ist?" fragte sie ungläubig. „Ja. Von einem Moment auf den anderen!" Gale hatte die Zähne beim Sprechen aufeinander gepresst, sodass er etwas nuschelte. „Okay." Das war das Einzige, was sie in diesem Moment sagen konnte. Sie begann plötzlich wie verrückt zu zittern, bekam höllische Kopfschmerzen und ihrem Körper schien jegliche Wärme zu entweichen. Und dann kamen die Tränen mit voller Wucht. Sie strömten Phoebes Gesicht hinunter. Sie versuchte sie weg zu wischen, aber das brachte nichts. „Das tut mir auch voll leid! Und ich bin auch nicht sauer auf dich!" „Wäre ja noch schöner! Wenn du sauer auf mich bist und ich nicht mal was falsch gemacht hab!" dachte Phoebe trotzig. „Es gibt keinen Grund. Und ich wollte es dir gleich sagen. Sonst hätte ich dich anlügen müssen. Das wollte ich nicht." stammelte Gale. „Ach, wie nett von dir!" hätte sie beinahe gantwortet, hielt sich aber zurück. „Ich muss mal was trinken gehen." entschuldigte sie sich und rannte heulend aus dem Zimmer in die Küche. Dort saß Lauren und sah sofort auf. Wortlos und zitternd nahm sich Phoebe ein Glas aus dem Schrank und goss Wasser hinein. Sie nahm einen Schluck und stellte das Glas sofort wieder auf dem Tisch ab, aus Angst sie hätte es sonst vor lauter Zittern fallen gelassen. Alles schien sich zu drehen. Noch nie hatte sie etwas so dermaßen geschockt und gleichzeitig enttäuscht. Ein Schlag ins Gesicht, wäre ihr jetzt lieber gewesen. Da wusste sie wenigstens, dass sie ihn verkraften würde. Lauren kam zu ihr und nahm sie in den Arm. „Ich weiß. Er hat es mir gesagt." seufzte sie. „Ich hoffe bloß, dass er dir mehr gesagt hat." Aber Phoebe schüttelte den Kopf. „Den Grund hat er mir nicht gesagt, obwohl ich gefragt hab. Er sagt, es gibt keinen." schluchzte Phoebe unter vielen Tränen hervor. Lauren versuchte das Mädchen zu trösten und streichelte über ihre Haare. „Es tut mir leid!" sagte sie beruhigend. Dann musste sich Phoebe aus ihrer Umarmung befreien und sich auf einen Stuhl setzen. Sie hatte Angst, dass sie sonst umkippen würde. Mit angezogenen Beinen saß sie auf dem Stuhl, weinte und starrte vor sich hin. Auf einmal schossen ihr Gedanken durch den schmerzenden Kopf, die ihr ziemliche Angst einjagten.

Bilder, wie sie von einer Brücke sprang, wie sie bewusstlos neben einer fast leeren Schlaftabletten-Schachtel lag, wie sie sich irgendwelche Tablletten einwarf oder anderes. Scheußlich! Sie schüttelte den Kopf, um diese Gedanken zu vertreiben. Ihr Traum heute Nacht hatte ja wohl gereicht! „Kann ich dir irgendwas gutes tun?" fragte Lauren liebevoll? „Irgendwas, dass mich high macht." lachte Phoebe ironisch. „Hab ich nicht!" lachte Lauren zurück. „Aber ich hätte Wodka!" fügte sie grinsend hinzu. „Lieber nicht. Ich hab schon irre Kopfschmerzen. Trotzdem danke!" Phoebe sah sie mit Tränen in den Augen an. „Kleines lass den Kopf nicht hängen! Das wird dir im Leben noch öfter passieren. Es tut immer weh, aber das geht vorbei!" flüsterte Lauren. Phoebe zuckte nur mit den Schultern. „Es wird nicht vorbei gehen! Dafür liebe ich Gale viel zu sehr..." dachte sie dabei. Sie wusste, Lauren meinte es nur gut. Aber in diesem Moment konnte ihr nichts helfen. Die ganze Situation erschien ihr so unwirklich. Sie wünschte sich, Gale würde in die Küche rennen und ihr lachend sagen, dass alles nur ein Scherz gewesen war. Das wäre zwar echt gemein, aber nichts hätte sie mehr enttäuschen können, als das er mit ihr Schluss gemacht hatte. Es tat so verdammt weh. Schließlich stand das Mädchen auf, warf sich die rotbraunen langen Haare über die Schulter und verließ das Haus. Es nieselte nur noch ein wenig. Lauren hatte ihr durchs Fenster hinterher geschaut, um sicher zu gehen, dass Phoebe nichts anstellte, dass sie später vielleicht bereuen würde. Sowas wie einfach weglaufen war ja ihre Spezialität. Aber Phoebe wollte vor dem Schlafengehen nur nochmal mit Lexie kuscheln. Aber gedanklich war sie nicht bei ihr, sondern bei allem schlechten, dass in den letzten Monaten passiert war. Warum passierte das alles nur?

Kapitel 8

Mitten in der Nacht, wachte sie auf. Sie hatte sich am Abend leise, aber sehr lange in den Schlaf geweint. Weil sie nicht zu ihren Großeltern fahren und dort schlafen wollte, da sie ihnen sonst alles hätte erklären müssen, hatte sie sich entschieden auf der Couch im Wohnzimmer von Lauren und Ray zu schlafen. Allerdings war an schlafen, nicht wirklich zu denken. Gales Worte gingen Phoebe einfach nicht mehr aus dem Kopf. „Ich hab irgendwie keine Gefühle mehr für dich." Diese Worte hörte sie ihn, in ihren Gedanken immer wieder sagen. Und auch wenn ihr Kopf immer noch höllisch schmerzte, das Zittern noch nicht nachgelassen hatte, ihr schwindelig war und sie vor Müdigkeit bestimmt umgefallen wäre, hätte sie gestanden, konnte Phoebe einfach nicht einschlafen. In ihrem Kopf wurden durchgängig ihre Erinnerungen an die Zeit mit Gale abgespielt, während ihr unaufhörlich die Tränen nass und heiß am Gesicht hinunter liefen. Sie konnte sie schon gar nicht mehr wegwischen. Durch das ständige Wischen waren ihre Augen unten schon ganz wund gescheuert und rot. Jede Träne brannte wie Feuer, aber das interessierte sie nicht wirklich. Später war sie dann doch noch eingeschlafen. Jedoch, jetzt wo sie auf die Uhr sah, hatte sie nur wenige Stunden geschlafen. Es war halb eins. Der Fernseher lief und es war mega heiß und im Wohnzimmer. Phoebe schalte den Fernseher aus und ging in die Küche, um noch ein Glas Wasser zu trinken. Ihr Blick wanderte zum Fenster. Es war leicht beschlagen und ein kleines Rinnsal Wasser lief daran herunter. Draußen musste es wohl ziemlich kalt geworden sein. Der Sommer neigte sich eben langsam dem Ende zu. Und irgendwo da draußen lief Milan ganz alleine herum oder war womöglich sogar verletzt. Das war alles ihre Schuld. „ Alles was mir wichtig ist geht kaputt und verschwindet." seufzte sie. „Wofür lohnt es sich überhaupt noch zu leben?" fragte Sie sich. Phoebe fühlte sich so allein, wie sie sich noch nie gefühlt hatte. Fast glaubte sie, jeder, den sie liebte, würde sie jetzt verlassen. Mit blassen, zitternden Fingern holte sie ihr Handy und die Kopfhörer aus ihrem Rucksack, der neben der Haustür stand. Wie in Trance steckte sie die Kopfhörer in ihre Ohren und schaltete die Musik ein. Es war ein trauriges Lied. Auf etwas anderes hatte sie jetzt keine Lust. Phoebe hatte plötzlich das Gefühl, sie musste hier raus. Bevor sie hinaus lief, zögerte sie leicht. Nein. Warum sollte sie hier bleiben? Es gab ja nichts, was sie hier hielt. Oder?

Vielleicht doch. Sonst hätte sie nicht gezögert. „Egal!" sagte sie leise aber entschlossen, schlüpfte in ihre Stiefel und knotete sie zu. Vor lauter Aufregung vergaß Phoebe ihre Jacke, als sie mit ihrem Rucksack auf dem Rücken aus dem Haus trat, die Tür schloss und dann Richtung Wald stürmte. Sie rannte und rannte. Aus irgendeinem Grund konnte und wollte sie damit einfach nicht aufhören, auch wenn sie ihren Rucksack die ganze Zeit auf dem Rücken trug. Das schnelle Laufen gab ihr etwas befreiendes. Ihr Atem ging immer schneller. Hitze stieg in ihr auf und langsam bemerkte Phoebe, dass sie nicht mehr konnte. Es wurde immer schlimmer. Ihre Lunge schien zu brennen. Sie war völlig außer Atem und Rang vergeblich nach mehr Luft. Doch dann wurden ihre Beine plötzlich so schwer, dass sie stehen bleiben musste. Schwer atmend fiel sie auf die Knie. In diesem Moment schien es, als würden alle ihre Gefühle und schlechten Erinnerung auf sie ein schlagen. Heulend schlug sie sich die Hände vors Gesicht und sank noch mehr zusammen. Auf einmal spürte sie auch die Kälte der Nacht. Eine Gänsehaut legte sich über ihre Haut und ihr Zittern wurden noch mehr verstärkt. Alles schien aussichtslos. Als sie auf blickte, stellte sie fest, dass sie sich verlaufen hatte. Sie hatte keine Ahnung wo sie war. Ängstlich und verzweifelt sah sie sich um. Von wo war sie gekommen? In der Dunkelheit sah alles gleich aus. In welche Richtung sie auch blickte, hinter den Bäumen sah sie nur das schwarze der Nacht. Nebelschwaden schwebten über den Boden. Was Phoebe sonst so faszinierend und schön fand, empfand sie nun als gruselig. Es jagte ihr einen kalten Schauer über den Rücken. Während sie versuchte sich in der Dunkelheit zurechtzufinden, hörte sie plötzlich ein Knacken im Unterholz direkt vor ihr. Mit weit aufgerissenen Augen starrte Phoebe verängstigt in die Richtung, aus der das Geräusch kam. Doch alles, was sie sehen konnte war völlige Dunkelheit. Die Angst ein wildes, aggressives Tier oder irgendwer, der nichts Gutes im Sinn hatte, würde gleich hinter den Bäumen auftauchen, setzte schlagartig ein. Erneut hörte sie ein Knacken, gefolgt von einem Rascheln. Als würde jemand oder etwas direkt auf Sie zukommen. Phoebe konnte sich nicht bewegen. Jeder Muskel, jeder Teil ihres Körpers schien sich gegen ihren Wunsch, wegzulaufen zu sträuben. Und dann sah sie es. Etwas großes dunkles tauchte zwischen den Bäumen auf. Ihr Herz hämmerte, als würde es gleich zerspringen. Verzweifelt suchte sie mit den Augen den Waldboden ab, nach etwas, wie einem großen Ast oder etwas anderem womit sie sich hätte verteidigen können. Aber sie fand nichts. Wieder begann sie zu zittern. Was war nur mit ihrem Kreislauf nicht in Ordnung? Aber, ob sie nun zitterte, weinte oder einfach sitzen blieb, es würde ihr jetzt auch nichts mehr bringen. Doch dann folgte etwas ganz anderes, was sie niemals vermutet hatte. Die dunkle Gestalt kam weiter auf sie zu und in dem Moment, als sie den Umriss erkennen konnte, schrie sie vor Glück auf: „Milan?" Ein dunkles Pferd kam direkt auf sie zu und als dieses antrabte, direkt zu ihr hin, war sie sich sicher. „Milan!" Voller Freude sprang sie auf und rannte ihm entgegen. Er trug noch immer den Sattel. Die Trense musste er sich irgendwie vom Kopf gerissen haben. Bei ihm angekommen, schlang sie ihre Arme um den Hals des Pferdes und drückte sich an ihn. Freudentränen stiegen ihr in die Augen. Der Wallach schnaubte zufrieden. Langsam ließ sie ihn los und begann ihn nach Verletzungen abzusuchen. Vorsichtig tastete Phoebe seine Beine, den Rücken und den Hals ab. Anschließend Strich sie mit den Fingern vorsichtig über Milans Knopf. Er war unverletzt. „Gott sei Dank! Dir geht es gut." rief sie und streichelte über den weißen, viereckigen Fleck auf seiner Stirn, der einem Drachen ähnelte. Danach nahm sie ihm den Sattel ab und untersuchte ihn auch dort, wo der Sattel gelegen hatte. Zum Glück waren auch hier keine Verletzungen zu bemerken.

Nicht einmal ein paar Scheuerstellen. Milan stand ruhig atmend neben ihr. Jedes mal, wenn er ausatmete stiegen kleine weiß Wölkchen in die kalte Nachtluft auf. Der Nebel wurde immer dichter. Doch das Mädchen verspürte kein Gefühl der Angst mehr. Jetzt, da sie "ihr" geliebtes Pferd wieder hatte, war ihr, als könnte ihr nichts dieser Welt mehr etwas anhaben. Als sie sich auf einen großen umgefallenen Baumstamm gesetzt hatte, fiel ihr sofort wieder ein, warum sie eigentlich abgehauen war. Während sie Milan so anschaute, wie er friedlich grasenden neben dem Baumstamm stand, entschied sie sich dafür, bis morgen eine Entscheidung zu etwas fällen, wie es nun weitergehen sollte. Bevor sie sich hinlegte, um vielleicht endlich zu schlafen, kramte sie schnell in ihrem Rucksack herum, um auf ihrem Handy nachzusehen, wie spät es war und wie sie morgen eventuell wieder nach Hause kam. Da bemerkte sie plötzlich entsetzt, dass sie es nicht finden konnte. Wahrscheinlich hatte sie es verloren, als sie durch den Wald gerannt war. „Mist! Das kann doch jetzt nicht wahr sein!" fluchte sie wütend und sprang auf. Hastig schwang sie sich den Rucksack über die Schultern, nahm den Sattel und packte ihn Milan auf den Rücken, allerdings ohne den Gurt festzuziehen. Sie musste ihm nichts sagen. Milan lief einfach los und ruhig

114

neben ihr her. Sie braucht nicht einmal einen Strick. Den hätte sie ja sowieso nicht dabei gehabt.

Plötzlich begann es, wie aus dem Nichts, zu regnen. Das Wasser schoss in solchen Massen vom Himmel, dass Phoebe innerhalb von Sekunden komplett durchnässt war. Die Tropfen schlugen laut auf die Blätter der Bäume auf. Man konnte fast nichts mehr erkennen. Zu allem Übel, dass sie sich nur noch mehr verlief, kamen ihre Kopfschmerzen vom Abend wieder auf. Je weiter sie gingen, mit jedem Schritt, wurden sie heftiger. Außerdem frierte sie. Schließlich hatte sie keine Jacke an und ihre Klamotten waren so nass, dass sie schwer an ihrem zitternden Körper klebten. Die Regentropfen liefen ihr an den Wangen hinunter und ihre Haare waren ebenfalls ganz durchnässt. „Das Handy kann ich vergessen. Selbst wenn ich es finden würde, wasserdicht ist es jedenfalls nicht. Super! Das ist jetzt bestimmt kaputt." Die Kopfschmerzen waren plötzlich so heftig stechend, dass sie stehen bleiben mussten. Milan stand ruhig neben ihr und sah sie aus seinen großen braunglänzenden Augen an. Phoebe drückte ihre Finger gegen ihre Schläfen und schloss für einen kleinen Moment die Augen. Ihr Kopf fühlte sich an, als würde jemand von innen versuchen, ihn mit einem Hammer einzuschlagen. Mit einem leisen Seufzen öffnete sie wieder ihre Augen und ging mit Milan weiter. Das Pferd folgte ihr brav. Vor ihren Augen verschwamm die Natur um sie herum. Es schien sich mit einem Mal alles zu drehen. Langsam bekam sie Angst. Wieder blieb sie stehen. Erschöpft überlegte sie, ob sie auf Milan weiter reiten sollte, aber sie könnte noch nicht so gut reiten, dass sie komplett ohne Zügel hätte reiten können. Außerdem kannte das Pferd es nicht anders. Vielleicht würde er sie vor Schreck einfach abwerfen, wenn sie es versuchen würde. Doch bevor sie noch weiter überlegen oder etwas tun konnte, tanzten plötzlich rote Lichtpunkte vor ihren Augen. Alles um sie herum wurde dunkel. Phoebe konnte nichts mehr hören. Ihre Füße schienen sich vom Boden gelöst zu haben. Ihre Augen schlossen sich und sie sank auf dem Boden zusammen.

Kapitel 9

Als Phoebe versuchte ihre Augen zu öffnen und blinzelte, hörte sie dumpfe Stimmen, die klangen, als kämen sie von ganz weit weg. Durch die, sich immer wieder schließenden Augen, konnte sie helles weißes Licht erkennen. Sie wollte sich bewegen. Sich hinsetzen. Aber das gelang ihr nicht. Schließlich öffnete sie ganz langsam ihre Augen, in der Hoffnung, sie würden sich vor lauter Schwäche nicht wieder schließen. Die Bilder vor ihren Augen wurden schärfer und auch die Stimmen wurden klarer. „Phoebe! Gott sei dank! Sie wacht auf." hörte sie ihre Mutter rufen, die ihr im nächsten Moment über den Kopf streichelte. „Na mein Engelchen." begrüßte sie jetzt auch ihr Vater. Phoebe war glücklich, dass sie da waren. Sie versuchte zu lächeln. Alles um sie herum sah fremd aus. „Wo bin ich?" fragte sie erschöpft und versuchte sich umzusehen. „Du bist im Krankenhaus. Dich hat ein Mädchen gefunden. Du lagst im Wald auf dem Boden und Milan neben dir. Hätte sie ihn nicht gesehen, hätte sie dich nicht entdeckt." erklärte ihre Mutter. „Warum haust du ständig ab? Du kannst doch immer mit uns reden!" fragte ihr Vater besorgt. Plötzlich fiel ihr alles wieder ein. Wie konnte sie all das, was passiert war einfach vergessen? Der Gedanke daran, dass sie, wenn auch nur kurz, keine Erinnerungen hatte an die Zeit, bevor sie im Krankenhaus aufgewacht war, wirkte auf Phoebe etwas beunruhigend. Doch jetzt hatte sie wieder alles im Kopf. Super, dass sie Milan wiedergefunden hatte, aber was war mit dem ganzen Rest? Sie hatte gedacht, wenn sie Milan wieder finden würde, lösten sich alle anderen Probleme und Sorgen in Luft auf. Aber es war bloß eine kleine Freude. Alles andere spukte noch in ihrem Kopf herum. Was war mit Eichental, mit den Tieren, dem Hof, einfach allem, das sie niemals wirklich als reales Zuhause haben könnte? Ohne ihre Großeltern und die Pferde fehlte etwas in ihrem Leben. Dennoch, ihrer Familie war es doch wichtiger, dass sie ihr Abitur erfolgreich bestehen würde, als das Phoebe glücklich das tun konnte, was ihr sogar noch wichtiger war, als dieses „Super-Abi". Nämlich Pferdewirtin werden. Ein Traum, den sie sich immer hatte, aus dem Kopf schlagen sollen. Und dann waren da noch diese Erinnerungen an Gale. Wie er sie immer umarmt und geküsst hatte. Wie er sie ständig zum Lachen brachte. Wie er sie immer angesehen hatte. Wie sie durch die Nacht, bis frühmorgens gekuschelt und über einfach alles geredet hatten. Eben alles, was sie mit ihm zusammen erlebt hatte, schoss ihr durch den Kopf. Mit Tränen in den Augen, blieben ihre Gedanken an einem ganz besonderen Tag hängen. Phoebe schloss die Augen, weil sie erschöpft war und nicht vor ihren Eltern weinen wollte.

Der Tag, an dem sie und Gale zusammen das einzige Mal ausgeritten waren. An dem vieles anders kam, wie sie sich vorgestellt hatte.

Gale war ein guter Reiter. Nur deshalb durften sie alleine ausreiten. Es war ein Frühlingstag in diesem Jahr. Phoebe war so aufgeregt, beinahe hätte sie vor Freude Luftsprünge gemacht. Einen Ausritt mit Gale und dann auch noch nur zu zweit hatte sie sich schon so lange gewünscht, seit sie zusammen gekommen waren.

*

Die Sonne war gerade erst aufgegangen, obwohl es schon neun Uhr war. Phoebe hatte befürchtet, der Tag würde grau und verregnet werden. So, wie die Tage den ganzen Winter waren. Der Frühling hatte erst vor wenigen Tagen begonnen. Deshalb war die Luft auch noch ziemlich frisch. An dem Tag hatte

Phoebe sich ihre schwarze kuschelige Strickjacke angezogen, dazu die blau schwarze Reithose und ihre schwarzen Winterstiefeletten, welche sie auch immer zum Reiten trug. Sie war schon im Pferdestall gewesen, als es noch dunkel draußen war und hatte alle Tiere, Hunde, Pferde und Katzen mit frischem Wasser versorgt und gefüttert. Anschließend hatte sie die, jetzt leerstehende Box ausgemistet, neu eingestreut und die ganze Stallgasse gefegt. Die Heuraufen hatte sie mit frischem, aufgeschütteltem Heu aufgefüllt. Schließlich wollte sie heute, dass alles perfekt war, wenn Ray und Lauren in den Stall kamen. Sie wollte zeigen, dass sie auch besonders verantwortungsbewusst sein konnte und war. Die Beiden sollten sich keine Gedanken machen müssen, wenn Gale und sie später ausreiten gingen. Natürlich lag ein großer Unterschied zwischen Stallarbeit und alleine ausreiten, aber Phoebe wollte den Beiden auch einfach mal ein bisschen Arbeit abnehmen.

Als Lauren und Ray später in den Stall kamen und sahen, dass schon alles fertig war, bedankten sie sich bei Phoebe und fragten sie im nächsten Moment, wie lange sie denn schon wach war, wenn sie das alles alleine gemacht hatte. „Keine Ahnung. Es war noch dunkel draußen und ich konnte nicht mehr schlafen. Da bin ich eben   aufgestanden." sagte sie schulterzuckend und lächelte. „Du bist mir eine!" rief Ray kopfschüttelnd. „Hast du schon was gegessen?" fragte Lauren gleich darauf. Phoebe schüttelte den Kopf. „Na dann geh erstmal rein. Gale ist auch gerade aufgestanden. Ihr könnt dann gleich zusammen frühstücken." schlug Lauren vor, woraufhin Phoebe auch gleich aus dem Stall verschwunden war.

Später, so gegen elf holten Gale und Phoebe Milan und Lexie von der Koppel. Die Sonne strahlte weiterhin und es war nicht eine Wolke am Himmel. Sie banden die Pferde vor dem Stall an und Phoebe verschwand im Stall, um ihre Putzbox aus der Sattelkammer zu holen. Die grau rote Kiste stand unter einem der Sättel und gleich daneben lag ihr Reithelm. Sie bückte sich und holte beides unter dem schwarz glänzenden Sattel hervor. Dann drehte sie sich um und wäre dabei beinahe gegen Gale geprallt, der wie aus dem Nichts plötzlich im Türrahmen aufgetaucht war. Mit einem Grinsen im Gesicht, blieb sie stehen und strahlte zu ihm hinauf. Er schlang seine Arme um ihre Taille und drückte sie an sich. Fast hätte sie dabei die Putzbox und den Helm fallen gelassen. „Ich müsste da mal durch." sagte sie lachend und versuchte ihn vergeblich von sich zu schieben. „Nö!" entschied er mit einem breiten Grinsen und bevor Phoebe noch irgendwas tun konnte, drückte er ihr einen langen zärtlichen Kuss auf den Mund. Er musste zum Frühstück anscheinend etwas schokoladiges gegessen haben. Erinnern konnte sie sich zwar nicht, aber der Kuss schmeckte nach Schokolade, Nutella oder so. Sie schloss, ebenso wie er die Augen und genoss den Moment. Als er sich von ihr löste, lächelte er und nahm ihr die Putzbox aus der Hand. Mit seiner anderen Hand griff er nach ihrer freien, linken Hand und zog sie hinter sich her, nach draußen zu den Pferden. Dort stellte er die Putzbox neben die Stalltür, gab Phoebe noch einen Kuss auf die Wange und begann dann Milan mit dem Gummistriegel zu putzen. Auch Phoebe griff nach einem Striegel und fuhr damit in kreisenden Bewegungen über Lexies goldbraunes Fell. Der Staub wirbelte durch die Luft. Innerhalb kürzester Zeit glänzte die Haflingerstute, als wäre sie frisch gewaschen. Milan war nun auch wieder sauber. Sie kratzten noch schnell die Hufe der Pferde aus und holten gleich darauf die Sättel und das Zaumzeug. Phoebe legte Lexie behutsam den Sattel auf den Rücken. Die Satteldecke zog sie danach ordentlich und den Sattelgurt fischte sie zum Schluss unter dem Pferdebauch hervor. Wie einen Gürtel zog sie ihn fest und befestigte die Schnallen, welche sie dann in die, dafür vorgesehenen Laschen steckte, damit sie beim Reiten nicht störten. Hin und wieder blinzelten sich Gale und Phoebe zu oder grinsten sich an. Auf Zehenspitzen stehend blickte sie jetzt zu ihm rüber. Gale begann gerade Milan die Trense anzulegen. Er versuchte es zumindest. Denn Milan zog immer wieder den Kopf nach oben weg. Das brachte Phoebe zum schmunzeln. Das Problem kannte Phoebe nur zu gut. Aber Milan war ihr Liebling. Ab und zu ließ sie ihm das kurz durchgehen, wurde nach der Faxenpause aber sofort wieder energischer und schaffte es dann auch mit Leichtigkeit. Lexie war da nicht so verspielt. Sie ließ sich von Phoebe heute ganz ruhig trensen und schloss sogar hin und wieder entspannt die Augen.

Beide waren sie gleichzeitig mit satteln und trensen fertig und nickten sich grinsend zu. „Also ich wäre dann soweit!" rief Phoebe über Lexies Rücken Gale zu. „Ich hol' nur schnell meinen Helm. Dann können wir los." antwortete er glücklich und ging seinen Helm holen.

Gleich darauf ging es los. Phoebe stellte ihren Fuß in den Steigbügel, griff nach oben an den Sattel, stieß sich vom Boden ab und schwang sich in den Sattel. Gale tat es ihr gleich. Milan tänzelte ein bisschen und stellte seine Ohren auf. Auch Lexie achtete aufmerksam auf die erste Anweisung. Phoebe drückte

123

ihr leicht die Schenkel in den Bauch und trieb die Haflingerstute an. In ruhigem Schritt ritten sie vom Hof. Gale auf Milan vorneweg und Phoebe auf Lexie hinterher. Die Vögel zwitscherten und die Sonne brannte vom Himmel. Ein Eichhörnchen kletterte hastig einen Baumstamm hinauf. Phoebe musste lächeln. Die Luft war beinahe so warm, dass man ohne Jacke, hätte reiten können. Aber zwischendurch wehte ein frischer Wind und der war noch ziemlich kühl. Als nächstes Bogen sie nach rechts in den Wald ein. Das Sonnenlicht schien grünlich gelb durch die Blätter der Bäume und es war nichts zu hören, außer das Gezwitscher der Vögel und das gleichmäßige Hufgeklapper von Lexie und Milan. Phoebe fühlte sich so wohl. Als ein Ast von vorne kam, beugte sie sich nach vorne und lehnte sich auf den Hals der Stute. Ihre Mähne duftete wundervoll und war ganz weich. Das Mädchen vergrub ihre Finger in ihrem weichen glänzenden Winterfell, dass sie noch nicht verloren hatte und legte ihren Kopf, zur Seite gelehnt auf ihren Hals. Die Natur um sie herum, schien jetzt, wie ein Schiff zu wippen und zu schaukeln. Kein Wunder! Lexie ließ ihren Kopf immer wieder auf und ab schwingen. Das Zeichen dafür, dass sie jetzt aufgewärmt und schön entspannt war. „Was hälst du von ein bisschen Trab?"

rief Phoebe zu Gale nach vorn. „Von mir aus gerne!" antwortete er. "Na dann los!" forderte sie ihn auf. Und schon trabte sie an. Das Geräusch war so beruhigend, fand Phoebe und begann mit dem Leichttraben. Sie schwiffen an den Bäumen vorbei und atmeten die frische Frühlingsluft ein. An einer kleinen Waldlichtung blieben sie mit den Pferden stehen. „Wollen wir hier bleiben?" fragte Gale mit einem freundlichen Lächeln. „Oh ja, gerne!" rief Phoebe und lächelte zurück. Beide saßen sie ab und liefen mit den Pferden an der Hand zu einem kleinen Hügel, wo sie Lexie und Milan gemütlich grasen ließen. Nur zur Sicherheit, band Phoebe die beiden an dem alten Baum, der neben dem Hügel stand an. Sie blickte sich verträumt um. Auf dem Hügel lagen ein paar größere Feldsteine, die mit Moos bewachsen waren. Die Wiese war übersät mit Gänseblümchen, Kornblumen und irgendwelchen lilanen und rosanen Blumen, von denen sie den Namen nicht wusste. Durch die Blätter und Tannenzweige der Bäume fiel ein grün gelbes Licht, Vögel zwitscherten und es duftete nach Wald und Frühling. Sie konnte es nicht beschreiben. Es passte einfach alles zusammen. Hinter sich hörte sie das Knacken eines Zweiges und drehte sich zu Gale um. Er strahlte sie mit einem unglaublich hübschen Lächeln an und zog sie auf den kleinen Hügel hinauf, auf dem sie sich ins weiche grüne Gras fallen ließen. Phoebe sah zu ihm hinüber. Wie er da so auf dem Rücken, mit seinen dunkelbraunen lockigen Haaren und seinen dunklen Augen lag, die Beine angewinkelt, den Kopf leicht zur Seite geneigt und in die Bäume um sie herum starte, gefiel er ihr so gut! Phoebe fragte sich, wie sie nur so einen tollen Freund verdient hatte und kuschelte sich an seine Schulter. Er trug die schwarze dünne Strickjacke, in der er immer so cool aussah, wie Phoebe fand. Mit einem Mal drehte er sich zu ihr um. Auf dem Bauch liegend, beugt er sich über sie und grinste süß. „Na du!" lachte er und sah ihr direkt in die Augen. Wenn es möglich gewesen wäre, wäre sie in diesem Moment bestimmt in seinen Augen versunken. Als er sich nach vorne beugte und sie küsste, schloss sie die Augen und vergaß alles um sich herum. Dieser Augenblick war einfach perfekt. In diesem Moment hätte sie sich nichts anderes gewünscht. Doch plötzlich klingelte Phoebe's Handy. Der Anruf, den sie bekamen verwandelte den schönen Moment binnen Sekunden, in einen riesigen Schreckmoment. Es war Lauren, die Phoebe anrief. „Phoebe, hier ist Lauren. Scarlett wurde von einem Auto angefahren. Wir müssen mit ihr in die Klinik fahren. Könnt ihr bitte zurückkommen? Jemand muss auf dem Hof sein, während wir weg sind... Es ist noch so viel zu tun." sagte sie mit einer aufgeregten, heiseren Stimme. „Natürlich kommen wir!" antwortete Phoebe und versuchte dabei ruhig zu klingen, was ihr allerdings nicht wirklich gelang. „Vielen Dank!" „Nicht dafür! Wir beeilen uns!" antwortete Phoebe hastig und beendete das Telefongespräch. Gale bemerkte sofort, dass etwas nicht stimmte. „Was ist passiert?" fragte er mit betretener Miene. „Wir müssen so schnell, wie möglich zurück!" Tränen standen Phoebe in den Augen. „Scarlett wurde von einem Auto angefahren. Und jetzt müssen Ray und Lauren mit ihr in die Tierklinik. Sie brauchen jemanden auf dem Hof, der die Aufgaben erledigt." sagte sie mit zitternder Stimme so schnell, dass sie sich beinahe überschlug. „Och Schatz! Sei nicht traurig. Scarlett schafft das schon!" wollte Gale Phoebe beruhigen und sie umarmen. „Jetzt nicht Gale! Ich meine es ernst. Wir müssen los!" Beleidigt ließ er sich von ihr wegschieben. Aufgeregt löste sie den Knoten von Lexies Zügeln und warf sie über ihren Hals. Dann gurtete sie noch einmal nach und schwang sich gleich darauf in ihren Sattel. „Jetzt mach schon!" drängelte Phoebe und ließ Lexie antraben. Nachdem Gale neben ihr auf Milan auftauchte, trieb sie Lexie an und beide galoppierten sie auf ihren Pferden los, Milan vorne weg.

Sonst hätte sie diesen rasenden Galopp durch den Wald genossen, doch heute war es anders. Es ging um Scarlett! Und da kannte Phoebe keinen Spaß. Sie hatte Scarlett sofort lieb gewonnen, als sie damals, als kleiner Hundewelpe auf den Hof gekommen war. Seit Scarlett da war, hatte sie keine Angst mehr vor Hunden. Jedes Mal, wenn Phoebe zum Hof kam, war die süße schwarze Hündin, die erste, die sie begrüßte. Da kam sie jedes Mal schwanzwedelnd auf sie zugerannt und ließ sich von Phoebe erst einmal ordentlich durch das kuschelige Fell wuscheln. Jetzt hatte Phoebe Angst. Sie wusste ja nicht, warum Scarlett überhaupt in die Klinik musste. Klar, sie wurde angefahren, aber war sie lebensbedrohlich verletzt? Hatte sie sich die Beine gebrochen oder war es doch was ganz anderes? Phoebe wusste es nicht. Und genau das war der Grund dafür, warum sie so aufgebracht war. Im Galopp donnerten Milans und Lexies Hufe über den Waldboden. Sowohl Gale, als auch Phoebe sagte kein Wort. Bald darauf erreichten sie endlich den Hof, brachten die Pferde zum stehen und stiegen ab. Lauren wartete bereits auf die Beiden.

„Gleich wird noch der Hufschmied kommen. Deshalb müsst ihr hier bleiben. Er weiß, welche Pferde beschlagen werden müssen. Wir versuchen uns zu beeilen!" sagte sie hastig und sah Gale und Phoebe mit einem ernsten Gesichtsausdruck an. Gale nickte. Aber Phoebe wollte sich damit nicht zufrieden geben. Lauren war schon auf dem Weg zum Auto, in dem Ray mit Scarlett auf sie wartete, als Phoebe rief: „Was... Was hat Scarlett? Wird sie es schaffen? Ist sie doll verletzt?" Lauren drehte sich noch einmal um. „Das wissen wir nicht. Ich hoffe sie hat nichts großartig schlimmes. Pass auf. Ich rufe an, sobald wir von da wieder losfahren. Bis nachher!" rief sie und stieg in das Auto ein. Daraufhin hörten Phoebe und Gale, wie Ray den Wagen startete und sahen ihnen hinterher, bis sie um die Ecke, der Hofeinfahrt gebogen und verschwunden waren. Phoebe schüttelte den Kopf und drehte sich zu Gale. Was sie jetzt brauchte, war Ablenkung. Sonst würde sie nur an Scarlett und die womöglichen Folgen des Unfalls denken. „Also. Die Boxen müssen ausgemistet werden, das Futter für heute Abend vorbereitet und die Pferde rein geholt werden." zählte sie alle ihre Aufgaben auf. Noch bevor Gale irgendetwas dazu sagen konnte, lief sie zum Pferdestall, schnappte sich die große Schubkarre, eine Mistschaufel und begann mit der Stallarbeit.

Schweigend befüllte sie eine Karre, nach der anderen, kippte diese auf den Misthaufen und begann wieder die Schubkarre zu füllen. Nachdem sie zwei Boxen komplett alleine ausgemistet hatte und Gale sich nicht einmal, hatte blicken lassen, ging sie einfach davon aus, dass er Milan und Lexie abgesattelt, ihnen die Trensen abgenommen und beide zurück auf die Koppel gebracht hatte. Aber das war eine Sache von höchstens fünfzehn Minuten. Sie war jetzt bestimmt schon seit eineinhalb Stunden am arbeiten. Also, wo steckt er? „Verdammt noch mal! Soll ich jetzt alles alleine machen? Oder was?" fluchte sie laut. Wetten er saß schon wieder vor seinem Computer und zockte! Trotzdem arbeitete sie weiter, wenn auch ziemlich genervt. Schließlich war sie fertig mit allen Pferdeboxen. Das Mädchen wollte gerade mit dem Vorbereiten des Futters anfangen, als plötzlich Gale mit zwei türkisen Tassen Schokocappuccino mit Sahne, Zimt und jeweils einem beige, weiß gestreiften Strohhalm drin, in der Hand im Stall auftauchte. Phoebe schämte sich sofort dass sie so sauer gewesen war. „Du bist ein Schatz!" Phoebe lächelte. Er stellte die Tassen auf dem Boden ab. „Komm her!" sprach er ruhig. Sie schlurfte langsam auf ihn zu und ließ sich von ihm in den Arm nehmen. „Hey! Scarlett wird das schon schaffen! Sie hat doch ein dickes Fell!" versprach er seiner Freundin und streichelte sanft über ihre offenen lange Haare. Phoebe seufzte nur. „Sie ist nicht umsonst so groß geworden! Die Kleine reicht dir bis knapp übers Knie! Sonst würde ihr großes Kämpferherz ja gar nicht in sie rein passen!" scherzte Gale, um Phoebe wenigstens zu einem Lächeln zu bringen. Es funktionierte. „Stimmt! Scarlett ist nicht umsonst ein Herdenschutzhund. Wenn sie geht, wer sollte dann auf uns, also ihre Herde aufpassen?!" lachte jetzt auch Phoebe. Mit den Cappuccinotassen ließen sie sich in den Heuhaufen fallen. Phoebe nahm ein paar Schlucke. Der Cappuccino schmeckte super, aber er lenkte sie nicht ab. Sie musste weiter an die schwarze wuschelige Hündin denken. „Danke Gale!" hauchte sie auf einmal und sah ihm ernst in die Augen. Zur Antwort gab er ihr einen Kuss auf die Stirn und umarmte sie nochmals.

Ungefähr zwei Stunden später, hatten sie alle Aufgaben erledigt und der Schmied war ebenfalls da gewesen. Nachdem dieser wieder den Hof verlassen hatte, hatten sie die Pferde gemeinsam auf die Koppel gestellt und waren anschließend ins Haus gegangen. Bis Lauren endlich anrief, hatten sie Fernsehen geschaut. „Hallo Phoebe."meldete sie sich. „So pass auf. Also

131

Scarlett hatte noch mal Glück im Unglück! Sie hat eine gebrochene Pfote und ein paar geprellte Rippen." „Oh nein..." seufzte Phoebe, auch wenn sie wusste, dass es auch viel schlimmer hätte kommen können. „Wenn wir dann auf dem Hof ankommen, braucht Scarlett erst einmal Ruhe. Aber wir müssen aufpassen, dass sie sich wenig bis gar nicht bewegt, sonst könnte der Bruch schlechter verheilen und sie sich überanstrengen." berichtete Lauren. „Ich pass auf! Ich setze mich zu ihr in die Box. Von mir aus auch die ganze Nacht!" schlug Phoebe sofort vor. „Das wäre gut. Kannst du gerne machen!" antwortete Lauren dankbar. „Wir sind in ca. fünfundzwanzig Minuten wieder da!" schätzte sie und verabschiedete sich dann. „Tschüssi! Bis gleich." rief Phoebe und legte auf. Sie sah Gale mit einem Lächeln aufatmend an. „Nur eine gebrochene Pfote und ein paar geprellte Rippen." erzählte sie ihm.

Einige Zeit später hatte sie in Scarletts Box im Stall gesessen, die schwarze Hündin schlafend mit dem Kopf auf ihrem Bein betrachtet und achtete auf jegliche Bewegung von ihr. Sie streichelte beruhigend über ihren Kopf und den Rücken und vergaß dabei immer mehr die Zeit.

*

Phoebe erinnerte sich genau daran, dass sie wohl irgendwann eingeschlafen sein musste, denn, als sie kurz durch eine Berührung an ihrer Schulter erwacht war, deckte Gale sie gerade mit einer Kuscheldecke zu.

Tja. Das hatte er mal für sie gemacht. Gemeinsam ausreiten, lachen, hoffen, gemütlich im Heu sitzen und Cappuccino trinken, sie zudecken, wenn sie eingeschlafen war, ihr Komplimente machen, sie küssen, kuscheln, sie im Sommer mit dem Wasserschlauch jagen und nassmachen, … Sie hatten so viel gutes, lustiges und auch trauriges durch und hatten dabei immer zusammengehalten. Während Phoebe daran dachte, wollte sie einfach nur losweinen. Aus und vorbei! Das würde nie wieder kommen.

Kapitel 10

Mitten in der Nacht, wachte sie auf. Sie hatte sich am Abend leise, aber sehr lange in den Schlaf geweint. Weil sie nicht zu ihren Großeltern fahren und dort schlafen wollte, da sie ihnen sonst alles hätte erklären müssen, hatte sie sich entschieden auf der Couch im Wohnzimmer von Lauren und Ray zu schlafen. Allerdings war an schlafen, nicht wirklich zu denken. Gales Worte gingen Phoebe einfach nicht mehr aus dem Kopf. „Ich hab irgendwie keine Gefühle mehr für dich." Diese Worte hörte sie ihn, in ihren Gedanken immer wieder sagen. Und auch wenn ihr Kopf noch höllisch schmerzte, das Zittern noch nicht nachgelassen hatte, ihr schwindelig war und sie vor Müdigkeit bestimmt umgefallen wäre, hätte sie gestanden, konnte Phoebe einfach nicht einschlafen. In ihrem Kopf wurden durchgängig ihre Erinnerungen an die Zeit mit Gale abgespielt, während ihr unaufhörlich die Tränen nass und heiß am Gesicht hinunter liefen. Sie konnte sie schon gar nicht mehr wegwischen. Durch das ständige Wegwischen waren ihre Augen unten schon ganz wund gescheuert und rot. Jede Träne brannte wie Feuer, aber das interessierte sie nicht. Später war sie dann doch noch eingeschlafen, jedoch, jetzt wo sie auf die Uhr sah, hatte sie nur wenige Stunden geschlafen. Es war halb eins. Der Fernseher lief und es war mega heiß und im Wohnzimmer. Phoebe schalte den Fernseher aus und ging in die Küche, um noch ein Glas Wasser zu trinken. Ihr Blick wanderte zum Fenster. Es war leicht beschlagen und ein kleines Rinnsal Wasser lief daran herunter. Draußen musste es wohl ziemlich kalt geworden sein. Der Sommer neigte sich eben langsam dem Ende zu. Und irgendwo da draußen lief Milan ganz alleine herum oder war womöglich sogar verletzt. Das war alles ihre Schuld. „ Alles was mir wichtig ist geht kaputt und verschwindet." seufzte sie. „Wofür lohnt es sich überhaupt noch zu leben?" fragte Sie sich. Phoebe fühlte sich so allein, wie sie sich noch nie gefühlt hatte. Phoebe fühlte sich so allein, wie sie sich noch nie gefühlt hatte. Fast glaubte sie, jeder den sie liebte, würde sie jetzt verlassen. Mit belassen, zittern und fingern holte sie ihr Handy und die Kopfhörer aus ihrem Rucksack, der neben der Haustür stand. Wie in Trance steckte sie die Kopfhörer in ihre Ohren und schaltete die Musik ein. Es war ein trauriges Lied. Auf etwas anderes hatte sie jetzt keine Lust. Phoebe hatte plötzlich das Gefühl, sie muss dir raus. Bevor sie hinaus lief, zögerte sie leicht. Nein. Warum sollte sie hier bleiben? Es gab ja nichts,

135

was sie hier hielt. Oder? Vielleicht doch. Sonst hätte die nicht
gezögert. „Egal!" sagte sie leise aber entschlossen, schlüpfte in
ihre Stiefel und knotete sie zu. Vor lauter Aufregung vergaß
Phoebe ihre Jacke, als sie mit ihrem Rucksack auf dem Rücken
aus dem Haus traut, die Tür schloss und dann Richtung Wald
stürmte. Sie rannte und rannte. Aus irgendeinem Grund konnte
und wollte sie damit einfach nicht aufhören, auch wenn sie
ihren Rucksack die ganze Zeit auf dem Rücken trug. Das
schnelle Laufen gab ihr etwas befreiendes. Ihr Atem ging
immer schneller. Hitze stieg in ihr auf und langsam bemerkte
Phoebe, dass sie nicht mehr konnte. Es wurde immer
schlimmer. Ihre Lunge schien zu brennen. Sie war völlig außer
Atem und Rang vergeblich nach immer mehr Luft. Doch dann
wurden ihre Beine plötzlich so schwer, dass sie stehen bleiben
musste. Schwer atmend fiel sie auf die Knie. In diesem
Moment schien es, als würden alle ihre Gefühle und schlechten
Erinnerung auf sie ein schlagen. Heulend schlug sie sich die
Hände vors Gesicht und sank noch mehr zusammen. Auf
einmal spürte sie auch die Kälte der Nacht. Eine Gänsehaut
legte sich über Ihre Haut und ihr Zittern wurden noch mehr
verstärkt. Alles schien aussichtslos. Als sie auf blickte, stellte
sie fest, dass sie sich verlaufen hatte. Sie hatte keine Ahnung

wo sie war. Ängstlich und verzweifelt sah sie sich um. Von wo war sie gekommen? In der Dunkelheit sah alles gleich aus. In welche Richtung sie auch blickte, hinter den Bäumen sah sie nur das schwarze der Nacht. Nebelschwaden schwebt über den Boden. Was Phoebe sonst so faszinierend und schön fand, empfand sie nun als gruselig. Es jagte ihr einen kalten Schauer über den Rücken. Während sie versuchte sich in der Dunkelheit zurechtzufinden, hörte sie plötzlich ein Knacken im Unterholz direkt vor ihr. Mit weit aufgerissenen Augen starrte Phoebe verängstigt in die Richtung, aus der das Geräusch kam. Doch alles, was sie sehen konnte war völlige Dunkelheit. Die Angst ein wildes, aggressives Tier oder irgendwer, der nichts Gutes im Sinn hatte, würde gleich hinter den Bäumen auftauchen, setzte schlagartig ein. Erneut hörte sie ein Knacken, gefolgt von einem Rascheln. Als würde jemand oder etwas direkt auf Sie zukommen. Phoebe konnte sich nicht bewegen. Jeder Muskel, jeder Teil ihres Körpers schien sich gegen ihren Wunsch, wegzulaufen zu sträuben. Und dann sah sie es. Etwas großes dunkles tauchte zwischen den Bäumen auf. Ihr Herz hämmerte, als würde es gleich zerspringen. Verzweifelt suchte sie mit den Augen den Waldboden ab, nach etwas, wie einem großen Ast oder etwas anderem womit sie sich hätte verteidigen können. Aber sie fand nichts. Wieder begann sie zu zittern. Was war nur mit ihrem Kreislauf nicht in Ordnung? Aber, ob sie nun zitterte, weinte oder einfach sitzen blieb, es würde ihr jetzt auch nichts mehr bringen. Doch dann folgte etwas ganz anderes, was sie niemals vermutet hatte. Die dunkle Gestalt kam weiter auf sie zu und in dem Moment, als sie den Umriss erkennen konnte, schrie sie vor Glück auf: „Milan?" Ein ein dunkles Pferd kam direkt auf sie zu und als dieses antrabte, direkt zu ihr hin, war sie sich sicher. „Milan!" Voller Freude sprang sie auf und rannte ihm entgegen. Er trug noch immer den Sattel. Die Trense musste er sich irgendwie vom Kopf gerissen haben. Bei ihm angekommen, schlang sie ihre Arme um den Hals des Pferdes und drückte sich an ihn. Freudentränen stiegen ihr in die Augen. Der Wallach schnaubte zufrieden. Langsam ließ sie ihn los ung begann ihn nach Verletzungen abzusuchen. Vorsichtig tastete Phoebe seine Beine, den Rücken und den Hals ab. Anschließend Strich sie mit den Fingern vorsichtig über Milans Knopf. Er war unverletzt. „Gott sei Dank! Dir geht es gut." rief sie und streichelte über den weißen, viereckigen Fleck auf seiner Stirn, der einem Drachen ähnelte. Danach nahm sie ihm den Sattel ab und untersuchte ihn auch dort, wo der Sattel gelegen hatte.

Zum Glück waren auch hier keine Verletzungen zu bemerken. Nicht einmal ein paar Scheuerstellen. Milan stand ruhig atmend neben ihr. Jedes mal, wenn Er ausatmete stiegen kleine weiß Röllchen in die Kälte Nachtluft auf. Der Nebel wurde immer dichter. Doch das Mädchen verspürte kein Gefühl der Angst mehr. Jetzt, da sie "ihr" geliebtes Pferd wieder hatte, war ihr, als könnte ihr nichts dieser Welt mehr etwas anhaben. Aber nachdem sie sich auf einen großen umgefallenen Baumstamm gesetzt hatte, fiel ihr sofort wieder ein, warum sie eigentlich abgehauen war. Während sie Milan so anschaute, wie er friedlich grasenden neben dem Baumstamm stand, entschied sie sich dafür, bis morgen eine Entscheidung zu etwas fällen, wie es nun weitergehen sollte. Bevor sie sich hinlegen wollte um vielleicht endlich zu schlafen, kramte sie schnell in ihrem Rucksack herum, um auf ihrem Handy nachzusehen, wie spät es war. Da bemerkte sie plötzlich entsetzt, dass sie es nicht finden konnte. Wahrscheinlich hatte sie es verloren, als sie durch den Wald gerannt war. „Mist! Das kann doch jetzt nicht wahr sein!" flüchte sie wütend und sprang auf. Hastig schwang sie sich den Rucksack über die Schultern, nahm den Sattel und packte ihn Milan auf den Rücken, allerdings ohne den Gurt festzuziehen. Sie musste ihm nicht mal etwas sagen. Milan lief einfach los und ruhig neben ihr her. Sie braucht nicht einmal einen Strick. Den hätte sie ja sowieso nicht dabei gehabt.

Plötzlich begann es, wie aus dem Nichts, wie verrückt zu regnen. Das Wasser schoss in solchen Massen vom Himmel, dass Phoebe innerhalb von Sekunden komplett durchnässt war. Die Tropfen schlugen laut auf die Blätter der Bäume auf. Man konnte fast nichts mehr erkennen. Zu allem Übel, dass sie sich nur noch mehr verlief, kamen ihre Kopfschmerzen vom Abend wieder auf. Je weiter sie gingen, mit jedem Schritt, würden sie heftiger. Außerdem frierte sie. Schließlich hatte sie keine Jackman und ihre Klamotten waren so nass, dass sie schwer an ihrem zitternden Körper klebten. Die Regentropfen liefen ihr ihre Wangen hinunter und ihre Haare waren ebenfalls ganz durchnässt. „Das Handy kann ich vergessen. Selbst wenn ich es finden würde, wasserdicht ist es jedenfalls nicht. Super! Das ist jetzt bestimmt kaputt." Die Kopfschmerzen waren plötzlich so heftig stechend, dass sie stehen bleiben mussten. Milan stand ruhig neben ihr und sah sie aus seinen großen braunglänzenden Augen an. Phoebe drückte ihre Finger gegen ihre Schläfen und schloss für einen kleinen Moment die Augen. Ihr Kopf fühlte sich an, als würde jemand von innen versuchen, ihn mit einem Hammer einzuschlagen. Mit einem leisen Seufzen öffnete sie wieder ihre Augen und ging mit Milan weiter. Das Pferd folgte ihr brav. Vor ihren Augen verschwamm die Natur. Es schien sich mit einem mal alles zu drehen. Langsam bekam sie Angst. Wieder blieb sie stehen. Erschöpft überlegte sie, ob sie auf Milan weiter reiten sollte, aber sie konnte noch nicht gut genug reiten, dass sie komplett ohne Zügel hätte reiten können. Außerdem kannte das Pferd es nicht anders. Vielleicht würde er sie vor Schreck einfach abwerfen, wenn sie es versuchen würde. Doch bevor sie noch weiter überlegen oder etwas tun konnte, tanzten plötzlich rote Lichtpunkte vor ihren Augen. Alles um sie herum wurde dunkel. Phoebe konnte nichts mehr hören. Ihre Füße schien sich vom Boden gelöst zu haben. Ihre Augen schlossen sich und sie sank auf dem Boden zusammen.

Kapitel 11

Als Phoebe versuchte ihre Augen zu öffnen und blinzelte, hörte sie dumpfe Stimmen, die klangen, als kämen sie von ganz weit weg. Durch die, sich immer wieder schließenden Augen, konnte sie helles weißes Licht erkennen. Sie wollte sich bewegen. Sich hinsetzen. Aber das gelang ihr nicht. Schließlich öffnete sie ganz langsam ihre Augen, in der Hoffnung, sie würden sich vor lauter Schwäche nicht wieder schließen. Die Bilder vor ihren Augen wurden schärfer und auch die Stimmen wurden klarer. „Phoebe! Gott sei dank! Sie wacht auf." hörte sie ihre Mutter rufen, die ihr im nächsten Moment über den Kopf streichelte. „Na mein Engelchen." begrüße sie jetzt auch ihr Vater. Phoebe war glücklich, dass sie da waren. Sie versuchte zu lächeln. Alles um sie herum sah fremd aus. „Wo bin ich?" fragte sie erschöpft und versuchte sich umzusehen. „Du bist im Krankenhaus. Dich hat ein Mädchen gefunden. Du lagst im Wald auf dem Boden und Milan neben dir. Hätte sie ihn nicht gesehen, hätte sie dich nicht entdeckt." erklärte ihre Mutter. „Warum haust du ständig ab? Du kannst doch immer mit uns reden!" fragte ihr Vater besorgt. Plötzlich fiel ihr alles wieder ein. Wie konnte sie all das, was passiert war einfach vergessen? Der Gedanke daran, dass sie, wenn auch nur kurz keine Erinnerungen hatte an die Zeit, bevor sie im Krankenhaus aufgewacht war, wirkte auf Phoebe etwas beunruhigend. Doch jetzt hatte sie wieder alles im Kopf. Super, dass sie Milan wiedergefunden hatte, aber was war mit dem ganzen Rest? Was war mit Eichental, wo sie ihr Zuhause sah? Mit den Tieren, dem Hof, einfach allem, das sie niemals wirklich als reales Zuhause haben könnte? Ihre Familie war es doch wichtiger, dass sie ihr Abitur super erfolgreich bestehen würde, als dassPhoebe glücklich das tun konnte, was ihr sogar noch wichtiger war, als dieses „Super-Abi". Nämlich Pferdewirtin werden. Ein Traum, den sie sich immer hatte, aus dem Kopf schlagen sollen. Und dann waren da noch diese Erinnerungen an Gale. Wie er sie immer umarmt und geküsst hatte. Wie er sie ständig zum Lachen brachte. Wie er sie immer angesehen hatte. Wie sie durch die Nacht, bis frühmorgens gekuschelt und über einfach alles geredet hatten. Eben alles, was sie mit ihm zusammen erlebt hatte, schoss ihr durch den Kopf. Mit Tränen in den Augen, blieben ihre Gedanken an einem ganz besonderen Tag hängen. Phoebe schloss die Augen, weil sie erschöpft war und nicht vor ihren Eltern weinen wollte.

Der Tag, an dem sie und Gale zusammen das einzige Mal ausgeritten waren. An dem vieles anders kam, wie sie sich vorgestellt hatte. Gale war ein guter Reiter. Nur deshalb durften sie alleine ausreiten. Es war ein Frühlingstag in diesem Jahr. Phoebe war so aufgeregt, beinahe hätte sie vor Freude Luftsprünge gemacht. Einen Ausritt mit Gale hatte sie sich schon so lange gewünscht, seit sie zusammen gekommen waren.

*

Die Sonne war gerade erst aufgegangen, obwohl es schon neun Uhr war. Phoebe hatte befürchtet, der Tag würde grau und verregnet werden. Sowie die Tage den ganzen Winter waren. Der Frühling hatte erst vor wenigen Tagen begonnen. Deshalb war die Luft auch noch ziemlich frisch. An dem Tag hatte Phoebe sich ihre schwarze kuschelige Strickjacke angezogen, dazu die blau schwarze Reithose und ihre schwarzen Winterstiefeletten, welche sie auch immer zum Reiten trug. Sie war schon im Pferdestall gewesen, als es noch dunkel draußen war und hatte alle Tiere, Hunde, Pferde, Katzen mit frischem Wasser versorgt und gefüttert. Anschließend hatte sie die , jetzt leerstehende Box ausgemistet, neu eingestreut und die ganze Stallgasse gefegt. Die Heuraufen hatte sie mit frischem, aufgeschütteltem Heu aufgefüllt. Schließlich wollte sie heute, dass alles perfekt war, wenn Ray und Lauren in den Stall kamen. Sie wollte zeigen, dass sie auch besonders verantwortungsbewusst sein konnte und war. Die Beiden sollten sich keine Gedanken machen müssen, wenn Gale und sie später ausreiten gingen. Natürlich lag ein großer Unterschied zwischen Stallarbeit und alleine ausreiten, aber Phoebe wollte den Beiden auch einfach mal ein bisschen Arbeit abnehmen.

Als Lauren und Ray später in den Stall kamen und sahen, dass schon alles fertig war, bedankten sie sich bei Phoebe und fragten sie aber im nächsten Moment, wie lange sie denn schon wach war, wenn sie das alles alleine gemacht hatte. „Keine Ahnung. Es war noch dunkel draußen und ich konnte nicht mehr schlafen. Da bin ich eben aufgestanden." sagte sie schulterzuckend und lächelte. „Du bist mir eine!" rief Ray kopfschüttelnd. „Hast du schon was gegessen?" fragte Lauren gleich darauf. Phoebe schüttelte den Kopf. „Na dann geh erstmal rein. Gale ist auch gerade aufgestanden. Ihr könnt dann gleich zusammen frühstücken." schlug Lauren vor, woraufhin Phoebe auch gleich aus dem Stall verschwunden war.

Später, so gegen elf holten Gale und Phoebe Milan und Lexie von der Koppel. Die Sonne strahlte weiter und es war nicht eine Wolke am Himmel. Sie banden die Pferde vor dem Stall an und Phoebe verschwand im Stall, um ihre Putzbox aus der Sattelkammer zu holen. Die grau rote Kiste stand unter einem der Sättel und gleich daneben lag ihr Reithelm. Sie bückte sich und holte beides unter dem schwarz glänzenden Sattel hervor. Dann drehte sie sich um und wäre dabei beinahe gegen Gale geprallt, der wie aus dem Nichts plötzlich im Türrahmen aufgetaucht war. Mit einem Grinsen im Gesicht, blieb sie stehen und strahlte zu ihm hinauf.Er schlang seine Arme um ihre Taille und drückte sie an sich. Fast hätte sie dabei die Putzbox und den Helm fallen gelassen. „Ich müsste da mal durch." sagte sie lachend und versuchte ihn vergeblich von sich zu schieben. „Nö!" entschied er mit einem breiten Grinsen und bevor Phoebe noch irgendwas tun konnte, drückte er ihr einen dicken zärtlichen Kuss auf den Mund. Er musste zum Frühstück anscheinend etwas schokoladiges gegessen haben. Erinnern konnte sie sich zwar nicht, aber der Kuss schmeckte nach Schokolade, Nutella oder so. Sie schloss, ebenso wie er die Augen und genoss den Moment. Als er sich von ihr löste, lächelte er und nahm ihr die Putzbox aus der Hand. Mit seiner anderen Hand griff er nach ihrer freien, linken Hand und zog sie hinter sich her, nach draußen zu den Pferden. Dort stellte er die Putzbox neben die Stalltür, gab Phoebe noch einen Kuss auf die Wange und begann dann damit, Milan mit dem Gummistriegel zu putzen. Auch Phoebe griff nach einem Striegel und fuhr damit in kreisenden Bewegungen über Lexies goldbraunes Fell. Der Staub wirbelte durch die Luft. Innerhalb kürzester Zeit glänzte die Haflingerstute, als wäre sie frisch gewaschen. Milan war nun auch wieder sauber. Sie kratzten noch schnell die Hufe der Pferde aus und holten gleich darauf Die Sättel und das Zaumzeug. Phoebe legte Lexie behutsam den Sattel auf den Rücken. Die Satteldecke zog sie danach ordentlich und den Sattelgurt fischte sie zum Schluss unter dem Pferdebauch hervor. Wie einen Gürtel zog sie ihn fest und befestigte die Schnallen, welche sie dann in die, dafür vorgesehenen Laschen steckte, damit sie beim Reiten nicht Störten. Hin und wieder blinzelten sich Gale und Phoebe zu oder grinsten sich an. Auf Zehenspitzen stehend blickte sie jetzt zu ihm rüber. Gale begann gerade Milan die Trense anzulegen.

Er versuchte es zumindest. Denn Milan zog immer wieder den Kopf nach oben weg. Das brachte Phoebe zum schmunzeln. Das Problem kannte Phoebe nur zu gut. Aber Milan war ihr Liebling. Ab und zu ließ sie ihm das kurz durchgehen, wurde nach der Faxenpause aber sofort wieder energischer und schaffte es dann auch mit Leichtigkeit. Lexie war da nicht so verspielt. Sie ließ sich von Phoebe heute ganz ruhig trensen und schloss sogar hin und wieder entspannt die Augen.

Beide waren sie gleichzeitig mit satteln und trensen fertig und nickten sich grinsend zu. „Also ich wäre dann soweit!" rief Phoebe über Lexies Rücken Gale zu. „Ich hol' nur schnell meinen Helm. Dann können wir los." antwortete er glücklich und ging seinen Helm holen.

Gleich darauf ging es los. Phoebe stellte ihren Fuß in den Steigbügel, griff nach oben an den Sattel, stieß sich vom Boden ab und schwang sich in den Sattel. Gale tat es ihr gleich. Milan tänzelte ein bisschen und stellte seine Ohren auf. Auch Lexie achtete aufmerksam auf die erste Anweisung. Phoebe drückte ihr leicht die Schenkel in den Bauch und trieb die Haflingerstute an. In ruhigem Schritt ritten sie vom Hof. Gale auf Milan vorneweg und Phoebe auf Lexie hinterher. Die Vögel zwitscherten und die Sonne brannte vom Himmel. Ein

Eichhörnchen kletterte hastig einen Baumstamm hinauf. Phoebe musste lächeln. Die Luft war beinahe so warm, dass man ohne Jacke, hätte reiten können. Aber zwischendurch wehte ein frischer Wind und der war noch ziemlich kühl. Als nächstes Bogen sie nach rechts in den Wald ein. Das Sonnenlicht schien grünlich gelb durch die Blätter der Bäume und es war nichts zu hören, außer das Gezwitscher der Vögel und das gleichmäßige Hufgeklapper von Lexi und Milan. Phoebe fühlte sich so wohl. Als ein Ast von vorne kam, beugte sie sich nach vorne und lehnte sich auf den Hals der Stute. Ihre Mähne duftete wundervoll und war ganz weich. Das Mädchen vergrub ihre Finger in ihrem weichen glänzenden Winterfell, dass sie noch nicht verloren hatte und legte ihren Kopf, zur Seite gelehnt auf ihren Hals. Die Natur um sie herum, schien jetzt, wie ein Schiff zu wippen und zu schaukeln. Kein Wunder! Lexi ließ ihren Kopf immer wieder auf und ab schwingen. Das Zeichen dafür, dass sie jetzt aufgewärmt und schön entspannt war. „Was hälst du von ein bisschen Trab?"rief Phoebe zu Gale nach vorn. „Von mir aus gerne!" antwortete er. "Na dann los!" forderte sie ihn auf. Und schon trabte sie an. Das Geräusch war so beruhigend, fand Phoebe und begann mit dem Leichttraben. Sie schwiffen an den Bäumen vorbei und

149

atmeten die frische Frühlingsluft ein. An einer kleinen Waldlichtung blieben sie mit den Pferden stehen. „Wollen wir hier bleiben?" fragte Gale mit einem freundlichen Lächeln. „Oh ja, gerne!" rief Phoebe und lächelte zurück. Beide saßen sie ab und liefen mit den Pferden an der Hand zu einem kleinen Hügel, wo sie Lexie und Milan gemütlich grasen ließen. Nur zur Sicherheit, beim Phoebe die beiden an dem alten Baum, der neben dem Hügel stand an. Sie blickte sich verträumt um. Auf dem Hügel lagen ein paar größere Feldsteine, die mit Moos bewachsen waren. Die Wiese war übersät mit Gänseblümchen, Kornblumen und irgendwelchen lilanen und rosanen Blumen, von denen sie den Namen nicht wusste. Durch die Blätter und Tannenzweige der Bäume fiel ein grün gelbes Licht, Vögel zwitscherten und es duftete nach Wald und Frühling. Sie konnte es nicht beschreiben. Es passte einfach alles zusammen. Hinter sich hörte sie das Knacken eines Zweiges und drehte sich zu Gale um. Er strahlte sie mit einem unglaublich hübschen Lächeln an und zog sie auf den kleinen Hügel hinauf, auf dem sie sich ins weiche grüne Gras fallen ließen. Phoebe sah zu ihm hinüber. Wie er da so auf dem Rücken, mit seinen dunkelbraunen lockigen Haaren und seinen dunklen Augen lag, die Beine angewinkelt, den Kopf leicht zur Seite geneigt und in die Bäume um sie herum starte, gefiel er ihr so gut! Phoebe fragte sich, wie sie nur so einen tollen Freund verdient hatte und kuschelte sich an seine Schulter. Er trug die schwarze dünne Strickjacke, in der er immer so cool aussah, wie Phoebe fand. Mit einem Mal drehte er sich zu ihr um. Auf dem Bauch liegend, beugt er sich über sie und grinste süß. „Na du!" lachte er und sah ihr direkt in die Augen. Wenn es möglich gewesen wäre, wäre sie in diesem Moment in seinen Augen bestimmt versunken. Als er sich nach vorne beugte und sie küsste, schloss sie die Augen und vergaß alles um sich herum. Dieser Augenblick war einfach perfekt. In diesem Moment hätte sie sich nichts anderes gewünscht. Doch plötzlich klingelte Phoebe's Handy. Der Anruf den sie bekamen wanderte den schönen Moment bin Sekunden, in einen riesigen Schreckmoment um. Es war Lauren, die Phoebe anrief. „Phoebe, hier ist Lauren. Scarlett wurde von einem Auto angefahren. Wir müssen mit ihr in die Klinik fahren. Könnt ihr bitte zurückkommen? Jemand muss auf dem Hof sein, während wir weg sind... Es ist noch so viel zu tun." sagte sie mit einer aufgeregten, heiseren Stimme. „Natürlich kommen wir!" antwortete Phoebe und versuchte dabei ruhig zu klingen, was ihr allerdings nicht wirklich gelangt. „Vielen Dank!" „Nicht dafür! Wir beeilen uns!" antwortete Phoebe hastig und beendete das Telefongespräch. Gale bemerkte sofort, dass etwas nicht stimmte. „Was ist passiert?" fragte er mit betretener Miene. „Wir müssen so schnell, wie möglich zurück!" Tränen standen Phoebe in den Augen. „ Scarlett wurde von einem Auto angefahren. Und jetzt müssen Ray und Lauren mit ihr in die Tierklinik. Sie brauchen jemanden auf dem Hof, der die Aufgaben erledigt." sagte sie mit zitternder Stimme so schnell, dass sie sich beinahe überschlug. „Och Schatz! Sei nicht traurig. Scarlett schafft das schon!" wollte Gale Phoebe beruhigen und sie umarmen. „Jetzt nicht Gale! Ich meine es ernst. Wir müssen los!" beleidigt ließ er sich von ihr wegschieben. Aufgeregt löste sie den Knoten von Lexies Zügeln und warf sie über ihren Hals. Dann gurtete sie noch einmal nach und schwang sich gleich darauf in ihren Sattel. „Jetzt mach schon!" drängelte Phoebe und ließ Lexie antraben. Nachdem Gale neben ihr auf Milan auftauchte, trieb Lexie an und beide galoppierten sie auf ihren Pferden los, Milan vorne weg. Sonst hätte sie diesen rasenden Galopp durch den Wald genossen, doch heute war es anders. Es ging um Scarlett! Und da kannte Phoebe keinen Spaß. Sie hat es Scarlett sofort lieb gewonnen, als sie damals, als kleiner Hundewelpe auf den Hof gekommen war. Seit Scarlett da war, hatte sie keine Angst vor Hunden mehr. Jedes Mal, wenn Phoebe zum Hof kam, war die süße schwarze Hündin, die erste, die sie begrüßte. Da kam sie jedes Mal schwanzwedelnd auf sie zugerannt und ließ sich von Phoebe erst einmal ordentlich durch das kuschelige Fell wuscheln. Jetzt hatte Phoebe Angst. Sie wusste ja nicht, warum Scarlett überhaupt in die Klinik musste. Klar, sie wurde angefahren, aber war sie lebensbedrohlich verletzt? Hatte sie sich die Beine gebrochen oder war es doch was ganz anderes? Phoebe wusste es nicht. Und genau das war der Grund dafür, warum sie so aufgebracht war. Im Galopp donnerten Milans und Lexies Hufe über den Waldboden. Sowohl Gale, als auch Phoebe sagte kein Wort. Bald darauf erreichten sie endlich den Hof, brachten die Pferde zum stehen und stiegen ab. Lauren wartete bereits auf die Beiden.

„Gleich wird noch der Hufschmied kommen. Deshalb müsst ihr hier bleiben. Er weiß, welche Pferde beschlagen werden müssen. Wir versuchen uns zu beeilen!" sagte sie hastig und sah Gale und Phoebe mit einem ernsten Gesichtsausdruck an. Gale nickte. Aber Phoebe wollte sich damit nicht zufrieden geben. Lauren war schon auf dem Weg zum Auto, in dem Ray mit Scarlett auf sie wartete, als Phoebe rief: „Was was hat

Scarlett? Wird sie es schaffen? Ist sie doll verletzt?" Lauren drehte sich noch einmal um. „Das wissen wir nicht. Ich hoffe sie hat nichts großartig schlimmes. Pass auf. Ich rufe an, sobald wir von da wieder losfahren. Bis nachher!" rief sie und stieg in das Auto ein. Daraufhin hörten Phoebe und Gale, wie Ray den Wagen startete und sahen ihnen hinterher, bis sie um die Ecke, der Hofeinfahrt gebogen und verschwunden waren. Phoebe schüttelte den Kopf und drehte sich zu Gale. Was sie jetzt brauchte, war Ablenkung. Sonst würde sie nur an Scarlett und die womöglichen Folgen des Unfalls denken. „Also. Die Boxen müssen ausgemistet werden, das Futter für heute Abend vorbereitet und die Pferde rein geholt werden." zählte sie alle ihre Aufgaben auf. Noch bevor Gale irgendetwas dazu sagen konnte, lief sie zum Pferdestall, schnappte sich die große Schubkarre, eine Mistschaufel und begann mit der Stallarbeit. Schweigend befüllte sie eine Karre, nach der anderen, kippte diese auf den Misthaufen und begann wieder die Schubkarre zu füllen. Nachdem sie zwei Boxen komplett alleine ausgemistet hatte und Gale sich nicht einmal, hatte blicken lassen, ging sie einfach davon aus, dass er Milan und Lexie abgesattelt, ihnen die Trensen abgenommen und beide zurück auf die Koppel gebracht hatte. Aber das war eine Sache von höchstens fünfzehn Minuten. Sie war jetzt bestimmt schon seit eineinhalb Stunden am arbeiten. Also, wo steckt er? „Verdammt noch mal! Soll ich jetzt alles alleine machen? Oder was?" flüchte sie laut. Wetten er saß schon wieder vor seinem Computer und zockte! Trotzdem arbeitete sie weiter, wenn auch ziemlich genervt. Schließlich war sie fertig mit allen Pferdeboxen. Das Mädchen wollte gerade mit dem vorbereiten des Futters anfangen, als plötzlich Gale mit zwei Tassen Schokocappuccino mit Sahne, Zimt und jeweils einem Strohhalm drin in der Hand im Stall auftauchte. Phoebe schämte sich sofort dass sie so sauer gewesen war. „Du bist ein Schatz!" Phoebe lächelte. Er stellte die Tassen auf dem Boden ab. „Komm her!" sprach er ruhig. Sie schlurfte langsam auf ihn zu und ließ sich von ihm in den Arm nehmen. „Hey! Scarlett wird das schon schaffen! Die hat doch ein dickes Fell!" versprach er seiner Freundin und streichelte sanft über ihre offenen lange Haare. Phoebe seufzte nur. „Sie ist nicht umsonst so groß geworden! Die Kleines reicht dir bis knapp übers Knie! Sonst würde ihr großes Kämpferherz ja gar nicht in sie rein passen!" scherzte Gale, um Phoebe wenigstens zu einem Lächeln zu bringen. Es funktionierte. „Stimmt! Scarlett ist nicht umsonst ein Herdenschutzhund. Wenn sie geht, wer sollte dann auf uns, also ihre Herde aufpassen?!" lachte jetzt auch Phoebe. Mit den Cappuccinotassen ließen sie sich in den Heuhaufen fallen. Phoebe nahm ein paar Schlucke. Der Cappuccino schmeckte super, aber er lenkte sie nicht ab. Sie musste weiter an die schwarze wuschelige Hündin denken. „Danke Gale!" hauchte sie auf einmal und sah ihm ernst in die Augen. Zur Antwort gab er ihr einen Kuss auf die Stirn und umarmte sie nochmals.

Ungefähr zwei Stunden später, hatten sie alle Aufgaben erledigt und der Schmied war ebenfalls da gewesen. Nachdem dieser wieder den Hof verlassen hatte, hatten sie die Pferde gemeinsam auf die Koppel gestellt und waren anschließend ins Haus gegangen. Bis Lauren endlich anrief, hatten sie Fernsehen geschaut. „Hallo Phoebe."meldete sie sich. „So pass auf. Also Scarlett hatte noch mal Glück im Unglück! Sie hat eine gebrochene Pfote und ein paar geprellte Rippen." „Oh nein..." seufzte Phoebe, auch wenn sie wusste, dass es auch viel schlimmer hätte kommen können. „Wenn wir dann auf dem Hof ankommen, braucht Scarlett erst einmal Ruhe. Aber wir müssen aufpassen, dass sie sich wenig bis gar nicht bewegt, sonst könnte der Bruch schlechter verheilen und sie sich überanstrengen." berichtete Lauren. „Ich pass auf! Ich setze mich zu ihr in die Box." schlug Phoebe sofort vor. „Das wäre gut. Kannst du gerne machen!" antwortete Lauren dankbar. „Wir sind in ca. fünfundzwanzig Minuten wieder da!" schätzte sie und verabschiedete sich dann. „Tschüssi! Bis gleich." rief Phoebe und legte auf. Sie sah Gale mit einem Lächeln aufatmend an. „Nur eine gebrochene Pfote und ein paar geprellte Rippen." erzählte sie ihm.

Einige Zeit später hatte sie in Scarletts Box im Stall gesessen, die schwarze Hündin schlafend mit dem Kopf auf ihrem Bein betrachtet und achtete auf jegliche Bewegung von ihr. Sie streichelte beruhigend über ihren Kopf und den Rücken und vergaß dabei immer mir die Zeit.

*

Phoebe erinnerte sich genau daran, dass sie wohl irgendwann eingeschlafen sein musste, denn, als sie kurz durch eine Berührung an ihrer Schulter erwacht war, deckte Gale sie gerade mit einer Kuscheldecke zu.

Tja. Das hatte er mal für sie gemacht. Gemeinsam ausreiten, lachen, hoffen, gemütlich im Heu sitzen und Cappuccino trinken, sie zudecken, wenn sie eingeschlafen war, ihr Komplimente machen, sie küssen, kuscheln, sie im Sommer mit dem Wasserschlauch jagen und nassmachen, ... Sie hatten so viel gutes, lustiges und auch trauriges durch und hatten dabei immer zusammengehalten. Während Phoebe daran dachte, wollte sie einfach nur losweinen. Aus und vorbei! Das würde nie wieder kommen.

Nach ein paar vergangenen Stunden klopfte es an der Tür. Ihre Mutter öffnete sie und begrüßte ein dunkelblondes langhaariges Mädchen: „Hallo. Schön, dass du vorbeikommst. Vielen Dank nochmal!" Phoebe konnte sich nicht daran erinnern, sie schon mal gesehen zu haben. Das Mädchen begrüßte auch ihren Vater und kam dann langsam auf Phoebe zu. „Hallo! Ich bin Grace." stellte sie sich lächelnd vor. „Hey!" antwortete Phoebe. „Ich hab dich im Wald gefunden. Geht es dir gut?" fragte sie besorgt. Deshalb hatte sich ihre Mutter bei ihr bedankt. "Dankeschön! Ja ich denke ich werd wieder." erklärte Phoebe. Vorhin war der Arzt da gewesen und hatte die Diagnose für ihr zusammenbrechen im Wald gestellt. Eine vasovagale Synkope. Irgendwie eine Ohnmacht, bedingt durch eine wohl überschießende Reaktion auf eine stressige Situation. Quasi eine Überforderung durch Stress. Phoebe sollte keine bleibenden Schäden haben. Allerdings musste sie noch eine Woche im Krankenhaus bleiben, zur Beobachtung. „Wenn sie möchten können sie nach Hause fahren. Ich bleibe noch." bot Grace an. „Ich würde mich gerne etwas frisch machen. Wäre das ok für dich Mausi?" fragte ihre Mutter. „Na klar! Fahrt nur. Kommt ihr morgen wieder?" „Ja natürlich!" antwortete ihr Vater. Phoebe setzte sich auf und umarmte ihre Eltern. Beide gaben sie ihr noch einen Kuss und verabschiedeten sich von Grace. Danach verschwanden sie durch die Tür des Krankenzimmers. „Wie hast du mich eigentlich gefunden?" fragte Phoebe. „Ich war gerade mit meinem Hund im Wald spazieren, bis er plötzlich losgerannt ist. Einfach so. Das Pferd, das neben dir lag hat sich erschrocken und ist sofort aufgesprungen."

Nach einer Weile hatten sich die Mädels verquatscht. Allerdings sagte Phoebe kein Sterbenswörtchen über ihre Aktion in den letzten Wochen. Das ging fremde nichts an. Sie würde es auch gar nicht nachvollziehen können, dachte Phoebe. Mit wem könnte sie denn schon reden? Da war doch niemand, der ihre Situation hätte nachvollziehen können.

Plötzlich klopfte es an der Tür und Susan kam herein. „Susan!" rief Phoebe überglücklich, ihre beste Freundin zu sehen. „Mensch Phoebe! Was machst du denn für Sachen? Ich hab mir richtig Sorgen gemacht! Ist dir das überhaupt mal in den Sinn gekommen?" schimpfte Susan. Aber dann fiel sie ihr um den Hals. „Mach so was nie wieder! Ok?" „Es ging um Milan! Für ihn würde ich das immer wieder tun! Sei nicht sauer. Ich erkläre dir gleich alles." Susan begrüßte nun auch Grace, die sich aber sogleich verabschiedete. „Ich gehe erstmal nach Hause. Wenn du magst, kannst du mir ja schreiben." rief Grace und lächelte Phoebe zu. „Mach ich! Und nochmal Dankeschön für deine Hilfe!" antwortete Phoebe. „Tschüssi!" „Tschüss!" verabschiedeten sich die Beiden voneinander und Grace schloss winkend die Tür des Zimmers hinter sich. „Also. Warum der ganze Trubel?" wollte Susan wissen. Phoebe begann von ganz vorne zu erzählen und sprudelte los, wie ein Wasserfall.

„…und ich bin schließlich hier im Krankenhaus aufgewacht." „Hmm." machte Susan, die die ganze Zeit aufmerksam zugehört hatte. „Ich verstehe dich ja, aber wenn du von hier weg gehst, sehe ich dich vielleicht nie wieder und dein Abi kannst du da auch nicht beenden!" sagte sie. „Hör

160

auf! Du klingst schon, wie meine Eltern. Weißt du mir sind die Pferde wichtig. Das Landleben. Ich hab keine Lust mehr auf die Stadt und ich brauche für meinen Traumberuf kein Abitur! Ich möchte Pferdewirtin werden. Das geht hier nicht so einfach ohne Pferd. Natürlich möchte ich nicht von dir weg, aber für mich ist DA mein Zuhause. In Eichental. Bei den Pferde. Den anderen Tieren. Bei meinen Großeltern…" seufzte Phoebe und versuchte Susan das so erklären zu können. „Und was ist mit Gale? Willst du den jeden Tag sehen?" fragte Susan jetzt. Das war zu viel. Phoebe drehte schweigend ihren Kopf zum Fenster und blickte stumm hinaus. Ziemlich lange sagte keine, von beiden Freundinnen etwas. Bis Phoebe plötzlich die Stille durchbrach: „Weißt du, bloß weil er Schluss gemacht hat, vergesse ich ihn nicht einfach. Klar, die Art, wie er sich von mir getrennt hat war ehrlich, aber trotzdem beschissen. Was sollte das denn für ein Grund sein? Von heute auf morgen keine Gefühle mehr haben. Ich glaube auch! Aber da ist trotzdem noch die ganze Zeit vorher! Weißt du eigentlich, wie viel er mir bedeutet hat? Für ihn hätte ich fast alles getan! Ich hätte mir mein ganzes Leben mit ihm vorstellen können! Heiraten. Ein gemeinsames Haus mit Garten. Verdammt! Er war der Grund, warum ich mir später plötzlich vielleicht doch Kinder gewünscht hätte und keine Eins-A-Karriere. Die Vorstellung, dass ich ihm später zuschaue, wie er mit unserem lachenden Kind auf dem Wohnzimmerboden spielt. Wie ich in schlechten Zeiten in seinen Armen liege und er mir sagt, dass alles wieder gut wird. Wie wir später überglücklich vor dem Traualtar stehen. Diese Zukunft wird es NIE geben! Und das möchte ich jetzt auch gar nicht mehr! Mit jemandem, dem man von jetzt auf gleich völlig egal ist, der alles wegschmeißt, ohne mit der Wimper zu zucken, Gefühle, schöne Erinnerungen... mit dem möchte ich meine Zukunft nicht teilen. Aber das hätte ich auch nie von ihm gedacht." Eine Träne lief an Phoebes Wange hinunter. „Hey, ich weiß. Tut mir leid, für die dumme Frage! Ich hab dich lieb!" sagte Susan beschwichtigend und drückte ihre Freundin an sich. „Ich dich auch!" flüsterte Phoebe zurück.

Nach einer langen, sich schleppenden Woche, durfte Phoebe endlich wieder nach Hause. Susan hatte sie jeden Tag besucht und sie hatten immer ganz lange gequatscht. Unten an der Rezeption stand ein Automat, aus dem Susan ihnen immer Cappuccino oder Kakao mitgebracht hatte, den sie dann immer zusammen schlürften. In der Zeit, in der Susan bei ihr im Krankenhaus war, verging die Zeit zum Glück etwas schneller. Auch ihre Eltern waren ständig nach der Arbeit zu ihr gefahren. Heute durfte sie wieder nach Hause und freute sich sehr. Glücklich verabschiedete sie sich von den Schwestern. Mit ihren Eltern verließ sie das Krankenhaus. Ihr Vater zog ihren Koffer hinter sich her. „Schön, dass du wieder nach Hause kommst!" sagte ihre Mutter, als sie am Auto ankamen und gerade einsteigen wollten. Sie ging ein paar Schritte auf Phoebe zu und nahm ihre Tochter in den Arm. Ihr Mann kam dazu und schloss die Beiden in seine Arme.

Schließlich stiegen sie in den schwarzen Mazda ein. Phoebe beobachtete, wie ihr Vater das Auto startete und los fuhr.

Eine halbe Stunde später kamen sie Zuhause, in Fieldbrook an. Phoebe stieg aus und sog den Geruch der Luft ein, der ihr von hier so bekannt war. Zuhause! Ein wohlig warmes Gefühl der Vertrautheit breitete sich in ihr aus, als sie das kleine Haus betrat und zu ihrem Zimmer ging, mit dem Koffer in ihrer Hand. Sie stellte den Koffer an ihren Schrank. Da fiel ihr auf, dass etwas auf ihrem Schreibtisch lag. Ein Traumfänger, gebastelt aus einem Hufeisen und rosa, hellgrauen Schnüren.

Wenn man ihn anhob, hingen drei Schnüre hinunter. Daran waren ein paar schwarz, weiße Perlen und jeweils eine schwarz, braun, weiß gepunktete Perlhuhnfeder. Der Traumfänger sah sehr hübsch aus. Daneben lag ein rosaner Briefumschlag, auf dem, in Schnörkelschrift: „Phoebe" stand. Phoebe öffnete den Brief und zog ein zusammengefaltetes Papier heraus. Sie entfaltete es und las den Brief.

„Liebe Phoebe,

wir wissen, die letzte Zeit war nicht besonders leicht für dich. Es gibt Tage, die sind leider nicht sehr schön. Wir sind übermäßigem Stress ausgesetzt, mit dem falschen Fuß aufgestanden, auf Arbeit oder auch in der Schule läuft etwas komplett schief, Streit, schlechte Laune,... Aber es gibt auch schöne Momente! Wir möchten dir gerne sagen, dass egal was auch passiert, du immer zu uns kommen kannst! Vielleicht finden wir zusammen schneller eine Lösung. Wir waren nicht immer sehr verständnisvoll. Wenn du möchtest setzen wir uns gerne mit dir zusammen und reden nochmal über alles. Wir haben dich ganz doll lieb und werden immer für dich da sein! Tausend Küsse und Umarmungen.

Mama und Papa

Ps: Damit du deine Träume immer verfolgen kannst, hast du jetzt diesen Traumfänger. Wir hoffen, er gefällt dir."

„Danke Mama! Danke Papa!" Phoebe umarmte ihre Eltern, nachdem sie den Brief gelesen hatte. „Wir haben dich lieb!" antworteten sie darauf. „Ich euch auch!" Phoebe fühlte sich seit langem wieder verstanden. „Was möchtest du denn zum Abendbrot essen?" fragte ihre Mutter und hielt eine Tüte Spaghetti hoch. Phoebes Augen begannen zu leuchten. „Au ja!" rief sie. „Gut. Dann mache ich Bolognese dazu. Okay?" fragte ihre Mutter. „Ja. Super gerne!" Das Mädchen liebte Spaghetti mit Bolognese von keinem so sehr, wie von ihrer Mutter. Später saßen sie zusammen am Tisch. Vor ihnen stand jeweils ein, fast bis zum Rand gefüllter Teller mit Spaghetti und herrlich duftender Bolognese. Phoebe streute frischen Parmesan über ihr Essen und vermischte ihn dann mit Nudeln und Soße. Es schmeckte großartig. Sie überlegte, ob jetzt der richtige Zeitpunkt da war, um ihren Eltern alles zu erzählen. Die Sache mit Gale. Ihr Berufswunsch. Wo sie sich wirklich Zuhause fühlte und wie sie sich hier fühlte. Wann würde dafür schon der richtige Zeitpunkt sein? Auf einmal atmete sie tief durch und begann einfach zu reden. „Ihr habt gesagt, ich kann mit euch über alles reden..." Ihre Eltern schauten zu ihr auf und nickten. „Ich möchte gar nicht Abi machen." Platzte sie heraus. „Ich weiß, ich hab extra viel dafür gemacht, aber ich will Pferdewirtin werden. Ich möchte mein Hobby nicht nur, als Hobby haben. Auch wenn ich damit keine Millionärin werde. Das möchte ich schon seit der achten Klasse. Ich habe mich belesen. Deshalb arbeite ich auch so viel auf dem Hof in Eichental." Sie stoppte kurz, um zu schauen, ob ihre Eltern vielleicht etwas sagen wollten. „Hmm..." Ihr Vater schien zu überlegen, was er davon halten sollte. Ihre Mutter sah ebenfalls nachdenklich aus. Kein Wunder! Wann hatte Phoebe jemals so überraschend ihre Meinung geändert, ohne auch nur wirklich etwas dazu zu sagen? Phoebe schob sich ein paar Nudeln in den Mund und wartete kauend auf eine Reaktion. Ihre Mutter ergriff als erste das Wort: „Wir dachten, du redest nur so dahin, als du immer gesagt hast, dass du nach Eichental willst. Es klang, wie ein unüberlegter Scherz." „Ich weiß. Vielleicht war es das auch. Aber seit ich mit Milan abgehauen bin, weiß ich, was ich will." Sagte Phoebe mit fester Stimme. „Lass uns nochmal drüber nachdenken." bot ihr Vater an. „Na klar!" rief Phoebe. „Achso." sie stockte mitten im Satz. „Gale hat Schluss gemacht. Ich mag da aber nicht drüber sprechen." Ihre Eltern

166

nickten verständnisvoll und aßen weiter. Nach dem Essen saß Phoebe in ihrem Zimmer und las. Völlig vertieft in ihr Buch „Der Pferdeflüsterer", lag sie eingekuschelt in ihre graue Kuscheldecke und Kissen auf ihrem Bett. Pferde, Liebe, das Landleben, Cowboyhüte, Berge, tiefe Wälder und unendlich weite Wiesen... Ein traumhaftes Leben, wie Phoebe fand. Aber, wenn sie richtig darüber nachdachte, konnte ihr Liebe erstmal gestohlen bleiben! Jemand der so plötzlich wohl keine Gefühle mehr für sie hatte und das auch noch ohne jeglichen Grund, den brauchte sie wirklich nicht. Sie war immer für Gale dagewesen, hatte ihm geholfen, wo sie nur konnte, hatte ihn oft in Schutz genommen, wenn er mal lieber in seinem Zimmer am Zocken war, anstatt seine Aufgaben auf dem Hof zu erledigen, hatte ihm hundertmal gesagt, wie doof sie es fand, dass er ständig am Handy war, ihr aber fast nie schrieb. Angerufen hatte er nichtmal zu ihrem Geburtstag. Und trotzdem hatte sie ihn immer geliebt. Da sah man, was man bekam, wenn man jemanden so viel Vertrauen schenkte. Egal! Phoebe konzentrierte sich wieder auf ihren Roman. Dabei verging die Zeit, wie im Flug. Denn, als sie wieder auf die Uhr sah, war der Nachmittag längst vorbei. 20:15 Uhr. Phoebe ging ins Wohnzimmer zu ihren Eltern. Ihre Mutter telefonierte mit jemandem und ihr Vater saß auf der Couch und schaute Fernsehen. „Was guckt ihr heute?" fragte sie ihn interessiert. „Hangover. Und du?" „Kann ich mit gucken?" „Klar!" Er lächelte sie an. Grinsend ließ sie sich auf die Couch fallen. Sie hatte den Film wahrscheinlich schon gefühlte tausendmal gesehen, aber er war einfach immer wieder lustig. „Ja. Okay. Danke! Tschüssi. Ich dich auch! Tschüssi! Ja. Okay. Tschüss. Tschüss. Tschüss. Tschüss." lachend legte ihre Mutter auf, nachdem sie sich sechs mal verabschiedet hatte und setzte sich ebenfalls auf das Sofa. „Ach, Hangover!" rief sie, als sie sah, was gerade im Fernsehen lief. „Liebe Grüße von Oma und Opa!" Sie nickte ihrem Mann zu. „Danke! Was haben sie denn gesagt?" wollte Phoebe wissen. Ihre Eltern sahen erst sich kurz lächelnd an und blickten danach ernst zu ihr. „Pass auf!" begann ihr Vater. „Wir hatten eine Idee, aber du musst uns zeigen, dass es funktioniert!" sagte er. Ihre Mutter sprach weiter: „Du hast zu uns gesagt, du möchtest lieber in Eichental wohnen." Phoebe konnte gar nicht glauben, was sie da hörte. Aufmerksam hörte sie ihren Eltern zu. „Du bist gerade mitten im Abitur. Es besteht die Möglichkeit, dass du nicht erst nach der 13. Klasse, sondern schon nach der 12. abgehen kannst. Dann hättest du ein Fachabitur." Phoebes Augen schienen mit jedem Wort, ihrer Mutter größer zu werden. „Unser Vorschlag wäre, du setzt dich jetzt in der zwölften noch mal richtig hin und holst alles aus dir raus. Danach, wenn wir sehen, dass du dich wirklich angestrengt hast, darfst du mit deinem Fachabi von der Schule abgehen. Du musst natürlich jetzt schon anfangen mit Bewerbung schreiben, denn wenn du mit dem Jahr fertig bist, haben wir mit Oma und Opa ausgemacht, dass du zu ihnen, nach Eichental ziehen und dann deine Ausbildung zur Pferdewirtin dort machen kannst. Also, wenn Du möchtest." „Echt jetzt?! Wirklich?" sie starrte ihre Eltern an und zitterte dabei am ganzen Körper. Sie nickten ihr lächelnd zu. „Oh mein Gott! Danke! Danke! Danke! Danke! Danke!" Phoebe sprang auf und fiel ihren Eltern nacheinander um den Hals. „Gerne!" lachte ihr Vater. „Aber bedanke dich lieber bei Oma und Opa!" rief ihre Mutter grinsend. „Das muss ich gleich Susan erzählen!" Total aus dem Häuschen, rannte Phoebe in ihr Zimmer und rief Susan an. Nach dem dritten klingeln nahm Susan ab: „Phoebe?" „Oh mein Gott, Susan! Ich muss dir unbedingt etwas erzählen!" „Na dann. Was los?" fragte Susan, die noch nicht wusste, was sie jetzt erwartete. „Ich habe dir doch immer von Eichental erzählt!" „Wann hast du denn mal nicht darüber gesprochen?" lachte Susan. „Ja, ich

169

weiß! Pass auf! Meine Eltern sagen, wenn ich mich jetzt richtig anstrenge in der Schule –" „Bekommst du ein Pferd!" unterbrach sie Phoebe. „Nein, aber fast! Wie gesagt, wenn ich mich jetzt richtig anstrenge, darf ich nach der zwölften Klasse jetzt mit meinem Fachabi abgehen und nach Eichental ziehen. Dort kann ich dann meine Ausbildung zur Pferdewirtin machen. Oh man ich freue mich gerade so!" sprudelte es aus ihr heraus. „Cool! Also auch, wenn wir uns dann seltener sehen, aber ich weiß ja, wie sehr du dir das gewünscht hast. Meine kleine Ponyqueen!" „Dankeschön! Und wir haben uns ja noch ein Weilchen!" „Genau!" antwortete Susan. „So. Das war's eigentlich. Habe noch einen schönen Abend!" verabschiedete sich Phoebe. „Danke! Du auch!" „Tschüssi!" Phoebe legte auf. „Na, was hat Susan gesagt?" fragte ihre Mutter interessiert, als Phoebe sich wieder zu ihnen, ins Wohnzimmer auf die Couch setzte. „Susan freut sich für mich, auch wenn wir uns dann viel seltener sehen werden." erzählte Phoebe glücklich und schaute wieder zum Fernseher. „Möchte jemand vielleicht ein Eis essen?" fragte Phoebes Mutter erwartungsvoll. Ihr Vater schüttelte den Kopf und Phoebe fragte: „Möchtest du denn ein Eis essen?" „Ja!" rief ihre Mutter verträumt. „Gut, dann esse ich auch eins. Du nimmst doch bestimmt das Minz-Schokoeis oder?" Ihre Mutter nickte strahlend. „Ich brings dir mit!" Phoebe stand auf und ging zum Tiefkühler. Dort nahm sie das Eis für ihre Mutter und ein Schokoeis für sich heraus. Ihr lief das Wasser im Mund zusammen, als sie noch zwei Teelöffel aus dem Schubfach nahm und ihrer Mutter das Eis und einen Löffel brachte. „Dankeschön, Süße!" Mit ihrem Schokoladeneis ließ sie sich wieder auf das Sofa fallen. „Klecker mir ja nicht die Polster hier voll!" ermahnte ihre Mutter sie scherzhaft. Phoebe grinste, als Antwort zurück.

Kapitel 12

Die Wochen vergingen und Phoebe lebte den Alltag, wie sie ihn kannte weiter. Prinzipiell hatte sich nichts geändert. Halb sechs aufstehen, frühstücken, Schule, Freizeit, Hausaufgaben oder Hausarbeiten und dann um einundzwanzig Uhr dreißig wieder ins Bett.

Während für ihre Eltern und Susan, sowie allen anderen, wieder die Normalität einkehrte, fehlte Milan Phoebe immer mehr. In der Schule schaute sie pausenlos aus dem Fenster. In Tagträume mit dem Pferd versunken, galoppierte sie in Gedanken durch einen grünen Wald. Immer und immer wieder riss sie dieser Gedanke aus der Realität. Trotzdem schaffte sie es irgendwie ihre Noten in der Schule auf Vordermann zu bringen. Dass sie deshalb aber kaum zum Schlafen kam, hauptsächlich wegen der ständigen Ablenkung ihrer Gedanken, erzählte sie keinem. Jeden Morgen, wenn sie aufstanden kam das bedrückende Gefühl auf, dass ein wichtiger Teil ihres Lebens einfach fehlte. Es fiel ihr so schwer richtig bei der Sache zu bleiben, aber jedes Mal versuchte sie sich damit zu ermutigen, dass das Ganze ja nur noch ein knappes Jahr ging. Aber ein Jahr war lang. In einem Jahr konnte viel passieren... Ihre Eltern merkten, dass Phoebe nachdenklicher wurde, als sie es ohnehin schon war. Und bald schon wusste jeder den Grund für ihre innere Unruhe. Das Mädchen sprach ständig nur noch von Milan. In ihrem Zimmer klebten nach und nach immer mehr Bilder von ihr und dem Pferd an der Wand. Aber was hätten sie schon tun sollen? Doch damit nicht genug.

Nach einigen vergangenen Wochen war Phoebe endlich wieder in Eichental. Sie stand gerade neben Milan in der Box und streichelte den schönen Wallach, als plötzlich Lauren an der Boxentür auftauchte. „Phoebe ich muss mit dir reden." sagte sie ernst. Phoebe schluckte nervös. Was kam jetzt? „Okay" sprach sie unsicher. „Du wirst dich heute noch von Milan verabschieden müssen! Und von Nevio auch." „WAS?" Eine Art Blitz durchfuhr Phoebe's Körper. „Es tut mir leid, dass es so überraschend kommt, aber ich wollte es dir persönlich sagen. Ich weiß, die Beiden sind dir sehr wichtig. Dort, wo sie hingehen, werden sie es aber auch sehr schön haben. Und, wenn du herkommst kannst du immer gerne Lexie reiten, wenn Du möchtest." Phoebe konnte nicht fassen, was sie da gerade hörte. Wie konnten sie ihr nur so etwas antun? Doch warum auch immer, sie konnte nicht weinen. Der Schock saß wahrscheinlich so tief, dass sie völlig apathisch reagierte: „Okay. Ich brauche wahrscheinlich noch ein paar Minuten hier." „Das verstehe ich!" sagte Lauren mitfühlend. „Wenn du möchtest, kannst du ihn dann hier auf dem Platz noch einmal das letzte Mal reiten. Nevio freut sich bestimmt auch, wenn du ihn noch einmal reitest, bevor die Beiden fahren." Phoebe nickte. „Das mach ich." Auf einmal fiel es ihr sehr schwer nicht doch in Tränen auszubrechen. Lauren merkte das und drückte das Mädchen an sich. Schließlich, nachdem Lauren gegangen war, drückte Phoebe sich an Milan und ließ ihren Tränen freien Lauf. Die Tränen verschleierten ihren Blick. Im Kopf flogen alle Erinnerungen, die mit Milan verknüpft waren durcheinander. Der Ausritt mit ihm allein. Ihre erste Begegnung mit ihm. Jetzt, als sie zusammen abgehauen waren. Wie sie ihn gesucht hatte. Die Springstunden auf ihm. Sein unglaublich starker und freier Galopp. Dieses seidig weiche, braune Fell. Seine schwarze Mähne. Der weiße Flecke auf seiner Stirn. Sogar die Stürze, von ihr auf Milan sah sie jetzt vor ihrem inneren Auge. Die gemeinsamen Kutschfahrten mit Lauren und Ray. Die Ausritte. Alles, jeder Augenblick, den

Phoebe mit diesem Pferd verbracht hatte, tauchte plötzlich in ihren Gedanken auf. Unter Tränen holte sie das Putzzeug aus der Sattelkammer und begann den Wallach zu striegeln. Mit langsamen, kreisenden Bewegungen löste sie, mit dem Gummistriegel lose Haare und Staub aus seinem Fell und sprach keinen Ton. Stattdessen weinte sie ununterbrochen. Milan merkte das. Er drehte seinen hübsch geformten Pferdekopf zu ihr nach hinten und prustete warme Luft durch seine Nüstern in ihr Gesicht. Dankbar lächelte sie ihm zu und strich über seinen Kopf. Dann widmete sie sich wieder seinem Fell und ging mit der Kardätsche darüber. Sein Fell glänzte nun so edel, wie zarte Nougatschokolade. Nach dem Kämmen schimmerte auch seine Mähne in tiefem, edlem Schwarz. Milan war so ein unglaublich hübsches Pferd. Das war ja kein Wunder, dass jemand anderes ihn kaufen wollte! Mal ganz davon abgesehen, dass Phoebe nie mitbekommen hatte, dass Milan überhaupt zum Verkauf stand.

Als Phoebe mit dem Putzen fertig war, holte sie den Sattel und packte ihn Milan auf den Rücken. Der braune Sattel auf der navyblauen Satteldecke, mit der goldenen Kordel und dem braunen Rand passte perfekt zu Milan. Damit sah er so edel aus. Die schwarze Trense mit dem Stirnriemen, der mit blauen

Glitzersteinen besetzt war, verstärkte dies noch mehr. Aber heute konnte Phoebe sich daran nicht erfreuen. Wie auch, wenn sie ihn und Nevio nie wiedersehen würde?

Nachdem Phoebe fertig war, nahm sie Milan an den Zügeln und führte ihn nach draußen, auf den Platz. Sie gurtete nach und überprüfte noch einmal, ob der Sattel und die Trense richtig saßen. Dann stellte sie ihren linken Fuß in den Steigbügel und schwang sich auf den Rücken des Pferdes. Vorsichtig trieb sie den Wallach an. Nach ungefähr zehn Minuten Schrittreiten, um ihn aufzuwärmen, ließ das Mädchen Milan antraben. Sein Takt war nicht zu langsam und nicht zu schnell. Genau richtig. Phoebe schwang im Sattel mit und jedes Mal, wenn Milan sein äußeres Vorderbein hob, stand sie kurz auf und setzte sich wieder. Auf seinem Rücken leicht zu traben war, als würde man tanzen. Darauf bedacht Milan ruhig weiterlaufen zu lassen, holte Phoebe ihr Handy aus der Tasche ihrer blauen Reithose und schaltete leise Musik ein. Wenn es schon der letzte Ritt auf Milan war, sollte es etwas Besonderes sein. Sie entschied sich für das Lied "Chances" von den Backstreet Boys und schob ihr Handy mit der laufenden Musik wieder in ihre Hosentasche. Anschließend nahm sie die Zügel wieder auf und ließ Milan aus dem Schritt sofort in einen ruhigen Galopp fallen. Der Wind spielte um ihr Gesicht. Es roch nach Regen und dem immer weiter fortschreitenden Herbst. Runde um Runde galoppierte sie auf Milan. Der Takt der Musik vermischte sich mit dem von ihm. Das war es, was Phoebe erneut Tränen in die Augen trieb. Ihr Leben war doch gar nicht dasselbe ohne ihn. Plötzlich wurde sie unaufmerksam. Ohne es böse zu meinen wurde Milan noch schneller. In der Kurve rutschte er aus. Phoebe wurde aus ihren Gedanken gerissen und klammerte sich reflexartig an seinen Hals. Das Pferd drohte zu fallen, doch, wie durch eine kräftige Hand, drückte ihn etwas wieder hoch. Er sprang förmlich wieder sicher auf die Beine. Knappe zwei Meter vor ihnen tauchte plötzlich der Zaun des Reitplatzes auf. Es war keine Zeit mehr, um den Wallach herumreißen zu können. Egal was jetzt passieren würde, Phoebe hatte die Kontrolle verloren. Jetzt konnte nur noch Milan sie aus der Situation holen. Und genau das tat er. Phoebe hielt sich in seiner Mähne fest und schloss vor Angst die Augen. In dem Moment drückte sich Milan kraftvoll vom Boden ab. Als würde er fliegen, so sprang er über den schulterhohen Zaun. Phoebe öffnete vor Schreck wieder die Augen. Er setzte seine Hufe alle gezielt auf den Boden und blieb schließlich stehen. Phoebes Herz schlug ihr bis zum Hals. Das Blut schoss, scheinbar genauso schnell durch ihre Adern, wie das Adrenalin. Augenblicklich war ihr extrem heiß geworden. Sie atmete schnell, versuchte aber sich wieder zu beruhigen. Was war da gerade passiert? Sie hätte sich für ihre Unaufmerksamkeit ohrfeigen können. „Danke Milan!" flüsterte sie, noch immer nach vorn gebeugt. Er drehte seinen Kopf zu ihr nach hinten und sah sie aus dem Augenwinkel an, als würde eher sagen: „Kein Probleme! Ich habe dich! Ich halte dich fest!" Etwas benommen rutschte sie aus dem Sattel. Am Zügel führte sie Milan wieder auf den Platz und lief dort mit ihm auf dem Hufschlag entlang, damit er trocken wurde, denn nicht nur ihr war durch diesen Höllenritt warm geworden. In ruhigem Schritt lief sie die Bahnfiguren ab, die sie normalerweise geritten wäre und Milan folgte ihr brav. Schließlich waren sie fertig und Phoebe stellte Milan zurück in seine Box. Sie nahm ihm Trense und Sattel ab und wusch das Gebiss aus, bevor sie alles in die Sattelkammer zurück hängte. Sie gab Milan noch eine Karotte und umarmte ihn noch einmal. Sie konnte sich nicht vorstellen, dass sie ihr Herzenspferd nie wieder sehen konnte. Traurig wandte sie sich von ihm ab und schloss beim Rausgehen die Boxentür hinter sich.

Nevio stand auf der Koppel und wieherte ihr freudig entgegen, als sie zu ihm kam. Er trabte ihr entgegen und ließ sich von ihr kraulen. Sein schwarz-weiß geschecktes Fell glänzte, wie frisch gewaschen. Am Strick führte sie in zum Stall. Dort angekommen schaltet sie sie erst einmal ihre Musik aus, die die ganze Zeit an gewesen war. Beim Putzen setzte sie sich neben das Pony und strich mit der Wurzelbürste sorgsam über seine Beine. Eigentlich war Nevio so sauber, dass sie ihn theoretisch gar nicht putzen brauchte. Aber sie hatte es so gelernt, dass man ein Pferd vor dem Reiten immer putzte. Also tat sie ea auch heute. Es war ja auch das letzte Mal, dachte sie traurig. Auch ihn loslassen zu müssen fiel ihr gar nicht leicht. Nevio war so ein süßes Pony. Er macht jeden Quatsch mit, war beim Reiten super lieb und verschmust war er auch. Nach jeder Reitstunde auf ihm hatte sie sich auf die Wiese, am Rand des Reitplatzes gesetzt, er hatte seinen Kopf auf ihre angewinkelten Beine gelegt und so saßen sie auch mal gut eine halbe Stunde da und genossen die Ruhe. Wenn es im Sommer richtig heiß war, dann konnten sie beide jeden Tag schwimmen gehen. Nevio vergewisserte sich dann immer wieder, ob sie noch da war und sobald er in ihrer Nähe war, schwamm er glücklich neben Phoebe her, strampelte mit den Beinen durchs Wasser, plantschte darin herum und wühlte den sandigen Boden auf. Sie blieben dann immer im Wasser, bis die Sonne unterging.

Und jetzt würde sie gleich, auch das letzte Mal auf ihm reiten und dann... Dann waren sie weg. Ohne Sattel saß sie wenig später auf Nevios Rücken und trabte im Slalom um ein paar orangene Hütchen herum. Dieses Mal wollte sie aufmerksamer reiten und strengte sich an, einen guten Sitz auf ihm beizubehalten. Rücken gerade, Beine lang, Hacken tief und Blick nach vorne. Nevio lief im Trab, wie eine kleine Nähmaschine, wenn er schneller wurde. Phoebe musste lachen. Sie ließ Nevio angaloppieren und beugte sich nach vorn. Nevio nutzte diese Geste zu ihrem Vorteil und raste los. Phoebe vergaß für diesen Moment, dass auch dieser der letzte Ritt auf ihm sein würde, wenn er verkauft wurde. Aber sie wollte diesen Augenblick genießen. Nevio, die kleine Rennmaschine galoppierte und galoppierte, ohne müde zu werden. So ein tolles Gefühl! Genauso fühlte sich Freiheit an. Nach einer Weile ließ sie ihn wieder ruhiger und langsamer werden. Nevio schnaubte vergnügt. Im leichten Trab ritten sie über den Platz. Auf einmal begann es zu regnen. Nur ganz leicht. Gerade so wahrnehmbar. Kleine Regentröpfchen sammelten sich in Nevios Mähne. Phoebe sog die frische, nach

Regen duftende Herbstluft ein und parierte das Welshpony in den Schritt. Sie wendete auf dem Hufschlag bei dem weißen Schild ab, auf dem ein F stand und ritt durch die Hälfte der Bahn, rüber zu E. Dort ritten sie einen Mittelzirkel und schließlich aus dem Zirkel gewechselt und wieder auf den Hufschlag. Bei A bogen sie ab und Nevio lief durch die Länge der Bahn rüber zum Schild mit dem C und wechselte von der rechten, auf die linke Hand. Bei H wendete Phoebe ab und ließ Nevio zu F durch die ganze Bahn wechseln. Zum Schluss ritt sie noch bis zum Tor des Reitplatzes, klopfte Nevio am Hals und saß ab.

Der Regen wurde stärker und Phoebe fuhr nach Hause zu ihren Großeltern. Am liebsten hätte sie sich da von allen bemitleiden lassen, weil Milan und Nevio verkauft wurden, aber es schien niemand zu bemerken, dass sie traurig war. Allerdings hatte sie auch keine Lust ihnen die Ohren voll zu heulen. Also entschied sie sich auf ihr Zimmer zu gehen und zu lesen. Sie hatte ein neues Buch von R. L. Stine aus der "Fear Street "- Reihe angefangen. Das war ziemlich spannend. Eigentlich so gut, wie jedes Buch, dass sie von ihm gelesen hatte. Er war einer ihrer Lieblingsautoren und schrieb horrormäßig gruselige Jugendbücher. Die Art, wie er schrieb schien Phoebe einfach immer wieder zu fesseln. Bei sich im Zimmer hatte sie bestimmt zwanzig Bücher aus der Reihe zu stehen. Vielleicht sogar noch mehr.

In die Kissen ihres Bettes gekuschelt, begann sie zu lesen. Eigentlich wollte sie sich ablenken, aber ihre Gedanken lenkten sie mehr ab, als das Buch. Nach einer halben Stunde, in der sie beinahe krampfhaft versucht hatte, sich beim Lesen nicht von ihren Gedanken ablenken zu lassen und das, alles andere, als funktioniert hatte, gab sie es auf. Wenn sie morgen zum Hof fahren würde, waren Milan und Nevio schon weg. Sollte sie überhaupt hinfahren? Phoebe entschied sich dafür, es spontan morgen früh zu entscheiden, ob sie fahren würde oder nicht.

Doch als der Morgen kam, war sie völlig unmotiviert. Sie wollte niemanden sehen. Ihre Eltern nicht. Die Pferde nicht. Lauren und Ray nicht. Schon gar nicht Gale. Phoebe wollte auch mit niemandem reden, nichts essen, nicht mal einen Cappuccino oder Kakao wollte sie. Am liebsten wäre sie wieder in ihr Bett unter die Decke geschlüpft, hätte die Augen geschlossen und wäre noch stundenlang in der Traumwelt herum spaziert. Missmutig stand Phoebe schließlich doch auf. Aus der Kommode, die in ihrem Zimmer, bei ihren Großeltern, als Kleiderschrank diente, zog sie ein schwarzes Sommerkleid, schwarze Sneakersocken, Unterwäsche und ein dunkelblaues Top, dass sie eigentlich, als Oberteil über das Kleid ziehen wollte. Keine gute, besser gesagt schöne Idee. Das Top passte überhaupt nicht zum Kleid, was ihre Laune nicht gerade verbesserte. Also ließ sie nur das Kleid an und legte das Oberteil wieder zurück. Bevor sie runter, in die Küche ging schaute sie noch schnell auf ihr Handy, um den heutigen Wetterbericht zu lesen. Fünfundzwanzig Grad und Sonne. Wenigstens eine gute Sache. Noch ein flüchtiger Blick in den Spiegel und dann tappste sie die Treppe hinunter. In der Küche ihrer Großeltern roch es nach frisch gebackenen Brötchen und Rührei. Ihre Oma stand am Herd und hantierte mit zwei Pfannen. In der einen das Rührei und in der anderen "arme Ritter". Phoebe liebte das. Arme Ritter zum Frühstück und Rührei mit Wienerwürstchen, Tomaten und Schnittlauch versprachen ihr eigentlich immer einen guten Tag, aber wie sollte sie heute glücklich sein? „Guten Morgen Süße! Hast du gut geschlafen?" fragte ihre Oma. „Guten Morgen! Ja, hab ich. Und du?" antwortete Phoebe. „Joa, ich auch." sagte sie und drückte ihre Enkelin lächelnd an sich. Phoebe's Oma war keine typische Oma. Bei der Vorstellung einer Oma, dachten die meisten an eine grauhaarige Frau, mit vielen Falten im Gesicht, einer Brille, vielleicht sogar mit einem Krückstock und schon etwas tüddelig oder nicht mehr so ganz in Form. Eine alte Frau, die den Tag damit zu brachte zu stricken, auf einer Bank im Park zu sitzen und den Tauben beim Körner picken zuzusehen oder in der Küche zu stehen und den ganzen Tag zu kochen. Nein, so war ihre Oma nicht. Ihre Oma hatte schulterlange, dunkelbraun gefärbte Haare, mit einem hübschen Pony. Vom Aussehen her glaubten oftmals viele Leute nicht, dass sie nicht ihre Mutter, sondern ihre Oma war. Auch, was Sport betraf, war ihre Oma sehr aktiv und fit. Natürlich besuchte ihre Oma auch mal ein Theater oder eine Oper, saß abends auf der Couch vor dem Fernseher, schaute Krimis oder Rosamunde Pilcher und löste dabei ein Sudoku nach dem anderen. Phoebe's Oma machte die besten Entenbraten zu Weihnachten, oder einfach mal so und die Ferien bei ihr waren immer lustig. Ihre Oma war Phoebe schon sehr wichtig. Ihren Opa sah sie leider ziemlich selten, weil er noch so viel arbeiten musste. Obwohl er eigentlich schon Rentner war, aber jede Sekunde, in der er nicht arbeitete oder schlief, verbrachte er mit Phoebe. Als sie noch klein war hatten sie immer zusammen Indianer gespielt. Er hatte ihr extra einen richtigen Bogen und Pfeile aus Holz in seiner Werkstatt gebaut. Mit ihm zusammen hatte Phoebe damals oft ein Tipi aus großen Ästen, die sie beide aus dem Wald geholt hatten gebaut. Dort saßen sie dann drin und neben dem Tipi hatten sie drei große Stöcker oben aneinander gebunden und einen kleinen Plastikbehälter in der Mitte an einer Schnur herunterbaumeln lassen. Darin lagen Sauerampfer Blätter, die sie im Garten pflückten und dann im Tipi aßen. Ebenfalls aus dem Garten hatte ihr Opa oft Pfefferminzblättchen gepflückt und anschließend zu einem Pfefferminztee aufgekocht, den sie dann im Tipi getrunken hatten. Sie hatte auch immer einen Ast, der ungefähr so lang war, wie sie groß war, mit dem sie immer gespielt hatte, als wäre er ein Pferd. Vorne am "Kopf" hatte sie einen blauen Verband, als Zügel angebunden bekommen. So spielten sie immer Indianer. Später hatten sie mit Walkie-Talkies im ganzen Dorf verstecken gespielt. Da waren so viele schöne und lustige Erinnerungen!

Phoebe musste lächeln. Sie hatte doch eigentlich die beste Familie der Welt! Sie setzte sich an den Tisch und zog ihr Handy hervor. Als sie es entsperren wollte, blinkte ihr Hintergrundbild mit Milan, als sie am Wasser gewesen waren auf. Schlagartig vermisste sie ihn wieder stärker. Jetzt war er irgendwo, bei irgendwem, mit irgendwelchen anderen Pferden Und Nevio genauso. Nevio, ihr kleiner Ponyschatz, stand in irgendeinem fremden Stall und Phoebe konnte schwören, keiner liebte die beiden, Milan und Nevio, genauso sehr, wie sie es tat. Niemand! Aus vollem Herzen hoffte sie, dass die beiden Pferde es bei ihrem neuen Besitzer wirklich gut hatten, dass die beiden den ganzen Tag verwöhnt wurden und so viel Auslauf, wie auch hier in Eichental hatten. Bei diesem Gedanken schossen ihr Bilder in den Kopf, die sie am liebsten gleich wieder vergessen hätte. Nicht selten hatte sie davon gehört oder gelesen, dass manche Leute so grausam waren, dass sie ihre Pferde den ganzen Tag in einem Schuppen zu stehen hatten und sie völlig vernachlässigen, dass manche ihre Tiere quälten, nur, weil sie nicht arbeiten wollten oder einfach nur so zum Spaß. Wie krank konnten manche Menschen sein, dass sie Tiere verletzten, nur, weil sie nicht gehorchten oder, weil ihnen mal eben danach war!

Phoebe schüttelte ihren Kopf. Darüber wollte sie gar nicht nachdenken. Sie versuchte sich einzureden, dass es Milan und Nevio gut ging und schaute jetzt auf den Frühstückstisch, um zu gucken, ob noch etwas fehlte. In dem Moment kamen ihre Eltern und ihr Opa herein. Alle begrüßten sich mit einem strahlenden „Guten Morgen!" und einer Umarmung. Sogar Phoebe bemühte sich zu lächeln. Vielleicht sollte sie sich heute so gut es ging, einfach ablenken. Mit allen zusammen Fernsehen oder, was auch immer ihre Familie vorhatte.

Beim Frühstück stellte sich heraus, dass ihre Eltern vor hatten den Sonntag im Schwimmbad zu verbringen, Phoebe freute sich. Das würde sie ablenken. Das Schwimmbad Makai, was auf hawaiianisch bedeutete "Richtung Meer", war eines der tollsten Schwimmbäder, die sie kannte. Es lag im Nachbarort Kuhlendorf von Eichental. Man konnte nicht nur schwimmen dort. Neben einem großen Schwimmbecken war ein großes Aquarium in den Boden eingelassen. Direkt daneben war ein Tauchbecken, in dem man sowohl über Wasser, als auch unter Wasser die bunten Fische beobachten und schwimmen konnte. Wenn man darin schnorchelte fühlte man sich, wie im Meer. Doch das war noch nicht alles. Neben zwei Sprungtürmen, einmal ein Meter und einmal drei Meter hoch, gab es noch einen riesigen Whirlpool und eine Aromagrotte, in der man auf einer beheizten Steinbank, die mit Mosaiksteinen verziert und sehr bequem war, sitzen konnte. In der Grotte standen überall herrlich duftende Duftkerzen und leise Musik dudelte aus laut

Lautsprechern, die, als Steine getarnt zwischen den Kieselsteinen hinter der, an die Wand abschließende Rückenlehne, der Steinbank standen. Man durfte aber auch mit Kopfhörern und seinem Handy oder MP3 Player eigene Musik hören. Außerdem bot das Schwimmbad noch zusätzliche Spa-angebote wie Massagen und Sauna an. Aber das machte Phoebe, wenn sie da war nie. Die Massagen waren ziemlich teuer und in der Sauna bekam sie Kreislaufprobleme, bis ihr schwindelig wurde. Aber es gab ja auch genug anderes.

Nach dem Frühstück rannte sie hoch in ihr Zimmer und packte ihren schwarzen Badeanzug ein. Von unten hörte sie ihre Mutter rufen: „Phoebe wollen wir danach essen gehen? Such dir was aus! Oma hat keine Lust zu kochen." „Italienisch?" „Okay." Damit war die Sache beschlossen. Jetzt dachte sie, es könnte vielleicht doch ein toller Tag werden.

Schließlich stiegen sie alle in ihr Auto. Phoebe, ihre Mutter und ihre Oma saßen auf der Rückbank. Ihr Vater fuhr und daneben saß ihr Opa. Das Radio schaltete sich ein, als Phoebe's Vater den Wagen startete. Das Lied "I don't care" von Ed Sheeran und Justin Bieber hatte gerade angefangen, da riefen alle von der Rückbank: „LAUTER!" und Phoebe's Opa drehte das

Radio auf volle Lautstärke. Phoebe sang laut mit. Egal, wie schief oder nur so vor sich hin nuschelnd, wenn sie manchmal den Text nicht kannte. Leben bedeutete, auch mal verrückt sein zu können. Wäre sie allein in ihrem Zimmer gewesen, hätte sie jetzt so wild getanzt, wie sie nur wollte. Keine gute Idee, wenn sie so eng alle im Auto nebeneinander saßen. Doch das Lied gefiel ihr so gut, dass sie wenigstens ihre Schultern und den Kopf dazu bewegen musste. Ihre Oma und Mutter stimmten mit ein. Es war ein tolles Gefühl, das Leben einfach auszuschalten, während man die Musik fühlte. Wie beim Reiten, konnte sie alles um sich herum vergessen.

Es dauert eine knappe halbe Stunde, bis sie an der Schwimmhalle ankamen. Ihre Eltern bezahlten für alle und dann konnten sie schon durch die Schranke, zu den Umkleiden gehen. Phoebe suchte sich zuerst einen Schrank und stellte ihre Tasche hinein. Anschließend nahm sie ihr Handtuch und ihren Badeanzug aus der Tasche, stellte ihre Straßenschuhe in den Schrank und lief auf ihren Flipflops in die Umkleide, um sich umzuziehen. Nachdem sie fertig war, wartete sie draußen vor den Duschen auf ihre Mutter und Oma. Zusammen gingen sie in den Duschraum und duschten sich kurz ab. Und dann ging es in die Halle. „Ich bin dann mal weg!" rief das Mädchen und ging schnurstracks auf den Dreimeterturm zu. Ihre Familie sah ihr nur lachend hinterher. Phoebe war schon immer eine Wasserratte gewesen. Als sie gerade mal vier Jahre alt war, hatte sie sich im Urlaub die Schwimmflügel von den Arm gerissen, gebrüllt, dass sie die Dinger nicht mehr brauchte und war, ohne zu zögern ins tiefe Nichtschwimmerbecken gesprungen. Ihr Vater durfte sie dann ganz schnell wieder rausfischen, weil sie noch nicht schwimmen konnte. Während sich ihre Mutter damals noch von ihrem "Fast-Herzinfarkt" erholen musste, weil ihr kleines Mädchen ja fast hätte ertrinken können, hatte Phoebe versucht zu erklären, dass, wenn sie nicht schwimmen konnte, sie doch einfach tauchen konnte. Klar! Wer brauchte schon Luft zum Atmen?

Diese Geschichte war in der ganzen Familie und bei Freunden bekannt. Phoebe war eben genauso eine Wasserratte, wie sie eine kleine Ponyqueen war. Und alle wussten, was das betraf, konnte das Mädchen mit den rotbraunen Wallehaaren niemand aufhalten.

Phoebe stand oben am Rand des drei Meter hohen Sprungturms und beugte sich leicht nach vorne. Sie streckte ihre Arme gerade über ihren Kopf und legte die Hände übereinander. Dann drückte sie sich mit den Füßen ab, schien ein paar

Sekunden zu fliegen und vollendete ihren Kopfsprung, indem sie gerade, mit den Armen und dem Kopf voran die Wasseroberfläche durchschnitt, Unterwasser noch einen kleinen Vorwärtssalto machte und schließlich wieder hochkam und auftauchte. Sie atmete die, nach Chlor duftende Luft ein und warf ihre nassen Haare über die Schultern zurück. Erst jetzt fiel ihr auf, wie lange sie schon nicht mehr in einer Schwimmhalle gewesen war und wie viel Spaß sie hier immer noch hatte. Mit langen, kräftigen Bewegungen schwamm sie zum Beckenrand. Gekonnt stützte sie sich am Beckenrand hoch, macht eine halbe Drehung und setzte sich auf den Rand. Dann schwang sie ihre Beine aus dem Wasser und stand auf. Als nächstes ging sie zu den Rutschen. Sie musste nicht mal lange anstehen. Vor ihr stand nur eine Mutter mit einem kleinen Jungen, der um die sechs Jahre alt war. Total aufgeregt rief er: „Mama, gleich geht's los!" Sie lachte. „Ja, mein Schatz! Gleich." Als die Lampe an der Rutsche grün leuchtete gab sie dem kleinen liebevoll einen Klaps auf den Po. „Na los!" Phoebe hörte den Jungen in der Rutsche vor Entzücken jubeln und schreien. Kurz darauf leuchtete die Lampe auch für sie grün und Phoebe stieß sich ordentlich ab. In der Röhre spritzte das Wasser in alle Richtung vor ihr her. An der Röhrenwand leuchteten bunte Muster und Unterwassertiere auf. Mal war nur das Leuchten zu sehen, ansonsten war alles andere schwarz und dunkel und danach wurde die Röhre plötzlich durchsichtig und Phoebe konnte nach draußen sehen. In rasantem Tempo schoss sie durch die Rutsche. Der letzte röhrenförmige Teil war blau und Phoebe konnte schon das Ende der Rutsche sehen. Ein Schwall Wasser landete in ihrem Gesicht, als sie aus der Rutsche ins flache Wasserbecken platschte. Lachend wischte sie sich über das tropfende Gesicht und verließ das Becken. Jetzt noch ein paar Bahnen neben dem Aquarium tauchen und schwimmen und danach ab in den Whirlpool.

Das Wasser im tiefen Becken war etwas kälter, als dass in den Rutschen und Phoebe brauchte ein Weilchen, um sich daran zu gewöhnen. Aber dann tauchte sie unter. Sie liebte das Tauchen. Diese Schwerelosigkeit, die sie durchs Wasser treiben ließ. Das erfrischende Wasser, dass an ihrer Haut entlang gleitete. Im glasklaren Meer, die bunten Fische und Korallenriffe, die sie durch ihre Taucherbrille beobachtete. Das alles machte das Tauchen für Phoebe fast so schön, wie das Reiten.

Ihre Taucherbrille hatte Phoebe heute nicht dabei. Trotzdem tauchte sie und beobachtete unter Wasser die Fische im Aquarium, die wie bunte, unscharfe, kleine Bälle durchs

Wasser schwammen. Sie drückte sich mit den Füßen vom Beckenrand ab und tauchte knapp über dem Boden des Schwimmbeckens am Aquarium vorbei. Das Licht, welches von der Decke der Schwimmhalle leuchtete wurde von der Wasseroberfläche gebrochen und ließ kleine Lichtwellen durchs Wasser strahlen. Wie ein weißes, wellenartiges Netz spiegelte es sich auf den Fliesen am Boden des Beckens. Dieses leuchtende Muster schien über Phoebe hinweg zu schwimmen und lies den schwarzen Badeanzug, ihre, von der Sonne leicht gebräunte Haut und ihre rotbraunen langen Haare, die im Wasser wie weiche Kupfersträhnchen glänzten, funkeln. Sie genoss das warme Wasser auf ihrer Haut und tauchte erst in der Mitte des Beckens wieder auf. Schade eigentlich, dass man unter Wasser nicht atmen und nicht richtig sehen konnte, fand sie. Viele hätten bei ihrem nächsten Gedanken gesagt, dass sie mit ihren, fast achtzehn Jahren doch endlich erwachsen werden und mit diesem ständigen vor sich hinträumen aufhören sollte. Denn sie stellte sich vor, wie schön doch ein Leben unter Wasser sein würde. Ein Garten voller Korallen, Unterwasserpflanzen und wenn man schon so fantasierte, Blumen, wie Tulpen, Rosen, Tempelblumen, Hibiskus, Lilien, Kornblumen, Mohn und anderen hübschen bunten Pflanzen.

Ein versunkenes Schloss mit allem darin, was das Herz zum Leben nur begehrte. Wenn man morgens aufwachte, strahlte ein Farbenspiel aus Sonnenlicht und Meereswasser ins Fenster hinein und bunte Fische, in allen möglichen Farben schwammen am Fenster vorbei. Mann öffnete die Tür und konnte durch seinen Unterwassergarten schwimmen, zwischen den prachtvollen Blumen und Pflanzen hindurch tauchen und die Ruhe des Ozeans genießen. Keine anstrengenden Leute, kein Stress, keine Sorgen über Schule, Zukunft, Beruf, Karriere, Geld oder sonstiges, was heutzutage immer weiter in den Vordergrund rückte und mehr an Bedeutung gewann, als es vielleicht nötig war.

Vielleicht sollte sie, anstatt Pferdewirtin doch lieber Kinderbuchautorin werden, dachte Phoebe ironisch. Sie wollte gerade zum anderen Ende der Bahn schwimmen und drehte sich um, als sie plötzlich mit jemanden zusammenstieß. Da sah sie plötzlich einen braunhaariger Junge, ungefähr in ihrem Alter an. „Oh, Entschuldigung! Ich habe dich gar nicht gesehen." brachte er zerknirscht hervor und Phoebe hatte im selben Moment auch „Oh, Entschuldigung!" gerufen. Beide mussten sie lachen. Sie schaute ihn noch einmal an und grinste ihm zu. „Na dann!" sagte er grinsend und hob etwas wackelig die Hand. Es war gar nicht so leicht, ohne beide Arme im Wasser das Gleichgewicht zu halten, merkte jetzt auch Phoebe, die, bevor sie weiter schwamm dem Jungen auch noch einmal winkte. Am Beckenrand angekommen, drehte sich das Mädchen um und sah noch mal rüber zu dem Jungen, ehe sie, diesmal etwas unbeholfen aus dem Schwimmbecken kletterte. Der Junge war schon süß gewesen, mit seinen blauen Augen hinter der schwarzen Brille und den hellbraunen Haaren, die vorne an der Stirn etwas länger und leicht nach oben gestylt waren. So sahen sie vorne und oben auf dem Kopf weich und voluminös aus und an den Seiten waren sie etwas kürzer. Phoebe fand es toll, dass er sich gleich bei ihr entschuldigt hat. Normalerweise hätte ein Junge, in ihrem Alter ihr irgendeinen dummen Spruch oder eine Beleidigung an den Kopf geworfen. Mit diesem Gedanken stieg sie in den menschenleeren Whirlpool und setzte sich bequem auf die, mit Mosaiksteinen besetzte Steinbank. Das Wasser um sie herum sprudelte und blubberte ruhig vor sich hin. Phoebe schloss zur Entspannung die Augen und legte ihre Arme zur Seite ausgestreckt über die Rückenlehne. Dabei musste sie wieder an den Jungen denken. Schade eigentlich, dass er sich nicht weiter mit dir unterhalten hatte. Sie wusste nicht einmal seinen Namen. Tja, so war das.

Man traf einen Menschen, den man auf Anhieb toll fand und war so überrumpelt oder einfach zu schüchtern, wie sie, dass man kein ordentliches Wort heraus bekam.

Die Augen immer noch geschlossen, musste sie weiter an ihn denken. Er ging ihr einfach nicht aus dem Kopf. Dabei hatte er doch bloß einen Satz zu ihr gesagt. In diesem Moment hörte sie eine Tür quietschen, was das entspannende, friedliche Blubbern, des Wassers übertönte. Sie öffnete die Augen und sah in die Richtung, aus der das Geräusch kam. Jemand hatte die Aromagrotte betreten, wobei wohl die Tür gequietscht hat. Denn diese fiel gerade wieder zu. Da wollte sie auch noch hin! Wenigstens den Duft der ganzen Duftkerzen einatmen und 5 Minuten in der Grotte sitzen bleiben. Also stand sie auf und stieg über die Stufen aus dem Whirlpool und zog ihre Flipflops wieder an. „Na Mausi! Alles gut?" fragte ihre Mutter, als sie ihrer Familie, auf dem Weg zur Aromagrotte begegnete, die jetzt gerade in Richtung Whirlpool liefen. „Alles super!" rief sie lächelnd. „Wir bleiben noch eine Stunde ungefähr und gehen dann raus. Ja, Schnecki? Wir wollen ja noch essen gehen." sagte ihre Oma und Phoebe antwortete: „Ja, alles klar. Ich komme dann zu euch zum Whirlpool. Oder treffen wir uns an den Duschen?" „Lass uns ruhig an den Duschen treffen.

Vielleicht gehen wir noch mal schwimmen oder so." rief ihre Mutter. Damit lächelte Phoebe ihnen noch einmal zu und öffnete dann die quietschende Tür zur Aromagrotte. Die Grotte war leer, bis auf eine Person. IHN! Phoebe wurde rot. Na super! Jetzt sah er in ihre Richtung und lachte. „Na Mensch! Du schon wieder!" rief er grinsend. Das Mädchen lachte ebenfalls, allerdings aus Nervosität und strich sich verlegen eine Haarsträhne aus dem Gesicht hinter ihr Ohr. „Sieht ganz so aus!" scherzte sie und setzte sich neben ihn. „Jetzt oder nie!" dachte sie. Die Steinbank war schön warm an ihren Beinen. Sie roch den herrlichen Geruch der Duftkerzen, eine Mischung aus Kokos- und Frangipaniduft. Wie im Urlaub. Und dann dieser hübsche Junge! „Wie heißt du eigentlich?" fragte Phoebe vorsichtig und lächelte den Jungen an. „Ich bin Jake. Und du?" fragte er freundlich. Er schien nicht annähernd so schüchtern, wie Phoebe sich fühlte. „Phoebe." sagte sie. Er nickte und dann entstand eine peinliche Stille. Was sollte sie nur sagen? Jake schien das gar nicht so zu stören. Bequem lehnte er sich zurück. „Und? Kommst du von hier? Also aus Kuhlendorf, meine ich." fragte er aufmerksam und lächelte ihr zu. „Ne, ich bin für dieses Wochenende bei meinen Großeltern in Eichental. Aber eigentlich komme ich aus Fieldbrook. Das ist in der Nähe von -" „Sunside!" beendete Jake ihren Satz und strahlte sie an. Überrascht rief Phoebe: „Ja, genau!" „Da wohne ich." „Echt? Wie cool! Ich gehe in Sunside zur Schule." antwortete Phoebe aufgeregt. „Ja, wirklich!" lachte er. „Ich bin nur heute mit meinen Eltern hierher gefahren. Meine Mum wurde hier geboren und dann machen wir hier manchmal Wochenendausflüge her." erzählte er. „In welche Klasse gehst du denn?" fragte Jake weiter. „Momentan in die zwölfte. Ich bin siebzehn und du?" stellte Phoebe die Gegenfrage. „Achtzehn. Aber ich mache kein Abitur. Ich mache momentan meine Ausbildung zum Fotografen." „Cool! Ich fotografiere auch gerne, allerdings nur hobbymäßig. Was fotografierst du denn momentan am liebsten? Hast du irgendwelche Lieblingsmotive?" fragte sie interessiert. Sie fühlte sich jetzt lange nicht mehr so unsicher wie vorher und musste zugeben, dass sie sich am liebsten noch stundenlang mit ihm unterhalten würde. „Naja. Also ein Lieblingsmotiv habe ich nicht. Was mir gefällt fotografiere ich. Cool, dass du auch gerne fotografierst! Hast du denn was, was du am liebsten fotografierst?" „Also ich interessiere mich sehr für Pferde und da fotografiere ich gerne so in die Richtung. Reiter-, Pferdefotos und so. Einfach Fotos von der Natur und Umgebung. Aber, wie du schon sagtest, bei mir geht das auch in viele verschiedene Richtungen. Hauptsache das Motiv ist interessant!" „Ach Pferde! Reitest du denn selbst auch?" Das hatte leider ins Schwarze getroffen. Das tolle Herzklopfen, dass sie endlich mal wieder spürte, fühlte sich an, als hätte die Trauer, um Milan und Nevio sie von einem Moment auf den nächsten verschlungen. Natürlich konnte Jake das ja gar nicht wissen. Somit versuchte sie weiter zu lächeln und antwortete: „Ja. Ich liebe Pferde und das Reiten, seit ich denken kann. Das ist mein größtes Hobby und ohne wäre mein Leben definitiv nicht das Selbe." erzählte sie. „Klingt auf jeden Fall interessant. Ich muss sagen, ich bin noch nie geritten, aber das macht bestimmt Spaß! Ich war immer ein Fan von Hunden, aber mit Pferden hatte ich noch nicht so wirklich viel zu tun. Leider! Tiere mag ich nämlich auch sehr gerne." „Was machst du denn so in deiner Freizeit?" fragte Phoebe, um vom Pferdethema abzulenken. „Ich gehe hin und wieder gerne mal skaten. Also so mit Inlinern oder mit meinem Skateboard." „Inliner! Das fahre ich auch gern. Besonders in so einem Skaterpool macht das Spaß. Aber Skateboard fahren kann ich leider nicht!" beichtete sie. Mit einem Grinsen im Gesicht schlug sie vor: „Kannst du mir ja beibringen!" Weil sie das eher, als Scherz gemeint hatte, war sie verblüfft, als er

ebenfalls grinsend rief: „Klar, kann ich machen, wenn Du möchtest!" „Kein Scherz? Das wäre echt cool!" rief Phoebe glücklich. „Ich kann dir ja meine Nummer geben, dann können wir mal schreiben." schlug sie vor etwas schüchtern lächelnd vor. Er lächelte zurück. „Gerne! Na, dann lass uns schnell unsere Handys holen, dann können wir unsere Nummern austauschen." antwortete er lieb. Phoebe fand ihn unheimlich sympathisch. Sie mochte seine freundliche, lockere und aufrichtige Art. Jake gab sich nicht einfach frech, gefühls los oder unaufmerksam, geschweige denn aggressiv oder arrogant, wie es viele Jungs in ihrem Alter taten. „Gut, dann bis gleich!" rief Phoebe, als sie aus der Aromagrotte traten und jeweils in ihre Umkleideräume, wo auch die Duschen und Schränke waren, verschwanden. Oh mein Gott! Oh mein Gott! Oh mein Gott! Phoebe konnte gar nicht glauben, dass er wirklich ihre Nummer haben wollte. Ihr Herz klopfte wie verrückt. Mit leicht zitternden Händen zog sie ihr Handy, das zum Glück im Wald gefunden und abgegeben wurde, aus ihrer Tasche und lief dann zurück zur Halle. Im gleichen Moment kam auch Jake aus den Umkleiden zurück. „Also meine Nummer ist..."
Nachdem die Beiden ihre Nummern ausgetauscht hatten, verabschiedeten sie sich voneinander. In zehn Minuten würden

sie sowieso schon gehen. Phoebe brachte ihr Handy zurück in ihre Tasche und gesellte sich dann zu ihren Großeltern in den Whirlpool. „Na, mein Sonnenschein! Wer war denn der Junge?" Phoebe wurde ein bisschen rot. „Der ist ganz nett. Habe mich etwas mit ihm unterhalten und wir haben unsere Nummern ausgetauscht. Er wohnt nämlich ins Sunside und wir wollen uns mal zum Skaten treffen." „Achso. Na dann! Der sah auch wirklich nett aus. Wie heißt er denn?" fragte ihr Opa weiter. „Er heißt Jake. Und ja, er ist wirklich nett!" antwortete Phoebe verträumt. „Schön!" rief ihre Oma glücklich. Daraufhin kamen ihre Eltern angelaufen. „So. Wollen wir dann raus?" fragte Phoebe's Vater in die Runde. „Joar. Können wir machen!" antwortete Phoebe's Opa und alle nickten zufrieden.

Eine Stunde später saßen sie alle beim Italiener am Tisch und lachten herzlich. Phoebe's Mutter und Oma hatten sich einen trockenen Rotwein bestellt, die beiden Männer, ihr Vater und ihr Opa tranken jeweils ein Bier und Phoebe hatte einen alkoholfreien Cocktail namens "Coconut Kiss" bestellt. Im nächsten Moment kam auch schon der Kellner mit ihrem Essen. Für ihren Vater kam eine große Pizza mit scharfer Salami, Jalapeños und Pilzen. Ihr Opa hatte sich die Pizza

Margherita bestellt, ihre Mutter Spaghetti Carbonara, ihre Oma Spaghetti Bolognese und Phoebe hatte sich für eine Lasagne entschieden. „Piep. Piep!" „Guten Appetit!" „Danke! Gleichfalls!" riefen alle und machten sich genüsslich über ihr Essen her. Die Gerichte rochen, jedes für sich so verlockend und dampften weiter vor sich hin. Phoebe führte eine, mit Lasagne beladene Gabel zum Mund und pustete vorsichtig. Der heiße Käse lief in Fäden an den Nudeln und der Bolognese herunter. Phoebe kostete und schloss voller Genuss die Augen. „Mmh!" machte sie. Und alle lachten. Sie lachte ebenfalls und hielt dann kurz inne. Diese kleinen Momente, waren entscheidend. Man brauchte keine großen Überraschungen, Abenteuer oder so, um einfach glücklich zu sein. Es reichte dieser kleine Moment, indem sie ihre Familie glücklich sah und lachen hörte, um sie fröhlich zu stimmen.

Mit einem Mal kam es ihr plötzlich sinnlos vor, dass sie im Sommer abgehauen war. Natürlich gab es hin und wieder Streit, man hatte einen schlechten Tag oder wusste eben, vor lauter Stress nicht was man zuerst tun sollte. Dennoch gehörte das zum Alltag dazu. Wogegen hätte Phoebe das eingetauscht? Gegen ein unziviliertes Leben? Dunkle und kalte Nächte alleine, irgendwo, im Nirgendwo? Nichts zu essen und trinken? Ohne gemütliches Bett, eine Dusche oder Waschmaschine? Nein, danke! Glücklich, einfach bei Ihrer Familie zu sein, aß sie weiter. Würde sie jetzt noch alleine im Wald herumirren, mit dreckigen Klamotten, frierend und hungrig, ohne jeglichen Sinn, wäre sie nie zu so einem leckeren Essen gekommen oder hätte so einen schönen Tag gehabt. Zum Nachtisch gab es noch ein Eis. Phoebe hatte sich drei Kugeln, einmal Schoko, dann Cookies und ein blau-rosanes Eis, das nach Bubblegum schmeckte bestellt. Drei Kugeln Eis stellten sich allerdings als ziemlich viel heraus und Phoebe kämpfte schließlich mit dem letzten kleinen Rest Schokoladeneis. Ihr Opa winkte den Kellner herbei: „Können wir dann zahlen?" fragte er ihn. Dieser nickte und lächelte höflich. Als er die Rechnung brachte lagen einige Bonbons daneben auf dem kleinen Tablett. „Wollen sie noch einen Likör des Hauses oder einen Sambuca?" „Darf ich auch einen?" fragte Phoebe grinsend, als ihre Eltern und Großeltern begeistert nickten. „Na gut. Ausnahmsweise!" willigte ihr Vater ein und ihre Mutter wandte sich lächelnd an den Kellner: „Fünf Sambuca bitte." „Alles klar!" lachte der freundlich schauende Kellner. „Wie alt bist du denn?" fragte er Phoebe mit einem frechen Zwinkern.

„Siebzehn. Aber ich werde schon in ein paar Monaten achtzehn." antwortete sie und grinste den Kellner an. Innerlich freute sie sich, dass sie endlich selbst so etwas trinken und nicht nur daran nippen durfte. Eine kleine blaue Flamme leuchtete auf dem Schnaps, als sie ihn bekam. Mit den Worten: „Vorsicht, heiß!" stellte der Kellner ihnen die fünf Schnapsgläser hin, nachdem er die Flammen ausgepustet hatte und bedankte sich für das Trinkgeld, dass Phoebe's Opa ihm zur Rechnung dazu gegeben hatte.

„Oha!" machte Phoebe's Mutter als sie einen kleinen Schluck von ihrem Sambuca geschlürft hatte. Phoebe dachte sich nichts dabei. Vielleicht war ihre Mutter ja einfach nur empfindlich. Dementsprechend nahm sie einen etwas größeren Schluck, ungefähr die Hälfte des Glases, was sie, wenn auch still und heimlich für sich selbst, sofort bereute. Der Alkohol schmeckte super, aber ihr Hals brannte, als hätte sie etwas Chilisauce mit scharfer Zahnpasta gemischt und getrunken. Ihr Kopf war gar nicht auf diesen Alkoholgehalt vorbereitet. Zwar konnte sie normal denken, aber die Welt um sie herum schien sich, wie ein Kettenkarussell zu drehen. Um ja nicht zu zeigen, was sie gerade fühlte, rief sie: „Ich finde den gar nicht so schlimm!" und erntete einen fassungslosen Blick von ihrer Mutter und ihrer Oma. Den letzten Rest trank sie auch noch aus und kaute zum Schluss die Kaffeebohnen. „So. Fahren wir dann? Wir müssen ja heute noch zurück nach Fieldbrook fahren." Ihre Eltern grinsten sich an. „Stimmt ja!" stöhnte Phoebe genervt auf. Wieso hatten bei diesem Satz denn alle fast noch mehr gute Laune, als vorher? Bei ihr war eher das komplette Gegenteil der Fall. Nun würde sie nach Hause fahren und wieder in den gleichen Alltagstrott verfallen, wie immer. Kein Hof, keine Pferde und wahrscheinlich noch weiter entfernt von Milan und Nevio, als sie es sowieso schon war.

Im Auto sah sie aus dem Fenster. An ihnen zogen Felder und breite lange Wiesen, Koppeln und Wälder vorbei. Alles erinnerte an die Zeit, an diese unvergesslich schöne Zeit mit Nevio und Milan. Diese Erinnerungen trieben einen tief stechenden Schmerz in ihr auf und sie musste ihre Augenlider zukneifen, um nicht schon wieder zu weinen. Wie konnte es sein, dass man so einen tollen Tag gehabt hatte und eine kleine Erinnerung das alles zunichte machen konnte? In diesem Augenblick wünschte Phoebe sich nichts sehnlicher, als sich an Nevio und Milan rankuscheln zu können.

Es dauerte nicht lange, bis sie zu Hause bei ihren Großeltern in Eichental ankamen. Phoebe's Vater erhielt plötzlich einen Anruf. „Hallo? ... Ja, ok. ... Ja, dann weiß ich Bescheid. ... Ok! ... Ja, bis später dann. Tschüssi!" Nachdem er aufgelegt hatte wurde es plötzlich hektisch. Ihr Vater verschwand im Zimmer ihrer Eltern und begann ihre Tasche einzupacken. „Phoebe? Geh schon mal dein Zimmer aufräumen. Und pack' deine Sachen ein. Ja, Mäuschen?" rief ihre Mutter.. „Wir wollen ja nicht so spät zu Hause sein." „Mach ich!" antwortete Phoebe sofort, aber begeistert war sie nicht. Sie konnte es nicht leiden, sich so abhetzen zu müssen. Aber es war eigentlich jedes mal so, wenn sie von hier, am Sonntag nach Hause, nach Fieldbrook fuhren.

Das Mädchen sprintete die Treppe hoch und nahm immer zwei Stufen auf einmal. Unter ihrem Bett holte sie ihren Rucksack hervor. Alles, was sie von zu Hause mitgebracht hatte, packte sie ein. Klamotten, ihren dunkelbraunen Teddybären, den sie hatte, seit sie ein Baby war, ihre Haarbürste, das Handyladekabel und zum Schluss die Kopfhörer.

„Bist du fertig?" fragte ihr Vater, als er mit der fertig gepackten Tasche in der Hand, den Kopf ins Zimmer streckte. „Ja, gleich." sagte sie und griff nach ihrem Handy. Schon war ihr

Vater wieder verschwunden und sie konnte ihn die Treppe runter laufen hören. Phoebe sah sich noch einmal in ihrem Zimmer um. Würde sie jetzt überhaupt noch so viel Freude haben, wenn sie nach Eichental fuhr? Milan war weg. Nevio war weg. Nur noch Lexie war da. Ihr war schon wieder nach Weinen zumute. Ihre Oma und ihr Opa gaben sich immer so viel Mühe, um sie glücklich zu machen, wenn sie hier war. Früher, als sie noch jünger war, hatte ihr Opa ihr immer eine Kinderzeitung von Wendy, Micky Maus, Bibi und Tina oder so auf ihren Stuhl am Frühstückstisch gelegt und, wenn sie dann den Stuhl nach hinten zog, um sich hinzusetzen, wurde sie immer überrascht. Oder beim Frühstück hatte er eine Zaubertasse und stellte sie umgekehrt, mit der Öffnung nach unten auf den Tisch und kreiste dann die hellgrüne Tasse mit den kleinen Blümchen drauf auf dem Tisch. Dann hob er die Tasse an und ein Überraschungsei kam zum Vorschein. Phoebe hatte sich immer darüber gefreut, auch wenn sie später herausfand, dass ihr Opa die Tasse über den Rand des Tisches kreiste und dabei das Schokoei in die Tasse schob. Mit ihrer Oma hatte sie immer Modenschau gespielt. Dafür hatte sie ihre Kleider und hohen Schuhe, die ihr viel zu groß waren angezogen und zu laufender Musik, mit Ansage von ihrem

Opa, kamen die Beiden ins Wohnzimmer und präsentierten lachend die Kleider und Schuhe, aus dem Kleiderschrank ihrer Oma. Oder sie waren mit ihrer Oma zum Badestrand an den See gefahren und hatten dort gepicknickt.

Sie hatten zusammen schon so viel miteinander erlebt. Und jetzt würde sie jedes Mal Milan und Nevio vermissen, wenn sie hier war.

Während sie weiter in ihrem Zimmer herum starrte, auf die dunkelbraunen Holzschränke, ihren schwarzen, großen Bilderrahmen, in dem ein großes Poster von Milan abgebildet war und sich die ganzen Fotos und selbstgemalten Bilder ansah und, wie jedes Mal, wenn sie wieder nach Hause fuhr den vertrauten Geruch, der nach Tannennadeln, Blumen, Holz und frischer Wäsche duftete, in ihrem Zimmer einatmete, setzte sie ihren Rucksack auf und schlich dann, zur Zimmertür hinaus. Im Flur lief sie die Treppe hinunter. Unten an der Treppe warteten schon ihre Mutter und ihr Vater, neben den fertig gepackten Sachen. Ihre Oma und ihr Opa kamen aus der Küche, in der noch der Fernseher lief und lächelten alle an. „So. Na dann tschüss ihr Süßen!" rief ihre Oma und drückte erst Phoebe's Vater, dann ihre Mutter und zum Schluss sie. „Kommt gut nach Hause! Phoebe sei schön artig!" witzelte ihr

Opa und gab auch noch jedem eine dicke Umarmung. „Ja, fahrt vorsichtig! Und viel Spaß heute Abend noch!" wünschte Phoebe's Oma. Das Mädchen kniff die Augen ein Stück weit zusammen und hob verwundert eine Augenbraue etwas an. Was hatte sie nur mit "viel Spaß" gemeint? Wenn sie zu Hause ankamen, würde ihre Mutter in die Badewanne gehen, sie würden ihrem Zimmer sitzen und wenn ihre Mutter im Bad fertig war, würden sie vielleicht noch zusammen einen Film sehen und dann würde Phoebe auch schon ins Bett gehen. Ihre Oma hatte das wahrscheinlich nur gut gemeint. „Ich habe euch ganz doll lieb!" rief Phoebe ihren Großeltern zu, als sie mit ihren Eltern gerade aus der Haustür trat. „Wir dich auch! Euch auch!" antworteten die beiden strahlend und warteten, bis alle ins Auto eingestiegen waren. Ihr Vater startete den Motor und ließ den Wagen die Auffahrt hinunterrollen. Schließlich legte er den Vorwärtsgang ein und fuhr los. Sie winkten ihnen noch zu, bis sie vorne an die Straßenecke kamen und abbogen. Dann waren Phoebe's Großeltern nicht mehr zu sehen. Das Mädchen steckt sich die Kopfhörer in die Ohren, schalte die Musik an in ihrem Handy ein und sah aus dem Fenster. „Tschüss Nevio, mein Kleiner... Tschüss Milan, mein Großer..." Der Traum, die Beiden jeden Nachmittag, während ihrer Ausbildung besuchen und vielleicht auch reiten zu können zerplatzte, wie eine bunte Seifenblase. Jetzt würde sie lernen müssen, sich das stinknormale Teenagerleben anzugewöhnen. Shoppingtouren über Shoppingtouren. Wichtigste Gesprächsthemen: Mode, Jungs und was einen gerade alles nervte.

Nein danke! Auf so etwas hatte Phoebe keine Lust. Sie war nun mal kein Stadtkind. Sie gehört aufs Land, in den Sattel, zu den Pferden, den ganzen anderen Tieren und in den Stall. Jetzt sollte sie anstatt reiten, Pferde putzen, Boxen ausmisten und ohne den Alltag auf dem Land, weiterhin brav zur Schule gehen, Hausaufgaben machen, Modeblogs lesen, damit Sie immer auf dem neuesten Stand, zum Thema der aktuellsten Trends war und jeden Tag mit Susan abhängen, für die das Stadtleben überhaupt kein Problem war.

Phoebe sah seufzend aus dem Fenster. Sie fuhren soeben durch einen Wald und die Bäume flogen nur so an ihnen vorbei. Ohne ihre zwei Lieblinge, würde sich ihr Leben total auf den Kopf stellen! Nichts wäre mehr so, wie es sonst war. Vielleicht würde sie die Realität plötzlich mit ganz anderen Augen sehen! Wenn sie an den großen Feldern vorbeifuhr, würde sie sich vielleicht nie wieder vorstellen wollen, wie sie auf Milans Rücken darüber galoppierte. Ein Wald wäre für sie plötzlich kein Rückzugsort mehr, den sie mit Nevio zusammen erkundet hatte, sondern einfach nur ein schöner natürlicher Ort voller Bäume. Die Höfe, an denen sie vorbei fuhren, wären nicht mehr das Traumzuhause ihrer Zukunft, es wären vielmehr einfach nur Häuser. Zwar befand sie sich in einer Welt voller Perspektiven und Möglichkeiten, aber ohne ihre Träume, bedeutete das alles nichts! In einem dieser Pferderomane, die sie so gerne las, war ein Mädchen mit dem Pferd abgehauen, damit es nicht vom neuen Besitzer, der das Pferd gekauft hatte, abgeholt werden konnte und am Ende wurde tatsächlich auch alles gut. Dahingegen wusste Phoebe aber, dass abhauen überhaupt nichts brachte im echten Leben, außer Ärger, Komplikationen und Angst, weil immer irgendetwas schief gehen konnte. Sie wusste, dass sie nichts tun konnte. Doch, sich damit abzufinden war viel schwerer.

Die Autofahrt schien Stunden zu dauern. Klar, insgesamt fuhren sie ja auch um die zweieinhalb Stunden, aber es fühlte sich für Phoebe, wie eine halbe Ewigkeit an. Stillsitzen lag ihr nicht. Sie konnte zwar gut mit anderen stundenlang zusammen sitzen und quatschen, aber da konnte man zwischendurch auch kurz einfach aufstehen. Das ging im Auto nicht und so langweilte sie sich auf jeder längeren Autofahrt. Musik hören und mit ihren Eltern quatschen machte es etwas erträglicher, dennoch wäre das Mädchen gerne einfach aufgestanden und ein paar Minuten gelaufen. „Haben wir was zu trinken hier?" fragte sie nach vorn zu ihren Eltern. „Ja, Wasser." antwortete ihre Mutter und gab ihr die Wasserflasche nach hinten. „Dankeschön!" Lächelnd drehte Phoebe den Deckel der Flasche ab. Sie nahm zwei kräftige Schlucke und schloss beim trinken die Augen. Das Wasser schmeckte ganz gut. Phoebe verschloss die Wasserflasche wieder. „Mama?" Sie gab ihre Mutter die Flasche wieder nach vorne. Als diese sich zu ihr umdrehte lächelten sie sich an. Dann sah Phoebe wieder aus dem Fenster. Vor ihnen, etwa dreihundert Meter, konnte sie endlich die Ausfahrt nach Fieldbrook sehen. Ihr Vater setzte den rechts Blinker und bog von der Autobahn ab. Nach ungefähr fünf Minuten erreichten sie ihr Grundstück mit dem großen Garten. Phoebe wollte am liebsten nur noch ins Bett. Nicht, weil sie müde war, eher, weil sie jetzt gerade lieber schlafen und in Ruhe träumen würde, als ihre Tasche auszuräumen, ihre Schultasche für morgen zu packen und dann darauf zu warten, dass der Abend zu Ende ging und sie ins Bett gehen konnte, um am nächsten Tag um fünf Uhr dreißig aufzustehen, damit sie, wie immer rechtzeitig zur Schule kam.

Phoebe schnappte sich Ihren Rucksack und öffnete etwas lustlos die Autotür. Sie hasste es, wenn sie schlechte Laune hatte. Aber was sollte sie tun? Um ihren Körper etwas auszutricksen, stieg sie schwungvoll aus dem Auto und lächelte ihren Eltern zu. „Endlich angekommen!" jubelte sie und musste über sich selbst lachen. Irgendwo hatte sie mal gelesen, dass, wenn man so tat, als wäre alles super und als ob man der glücklichste Mensch der Welt wäre, dass der Körper oder das Gehirn, sie wusste es nicht mehr ganz genau, dass dann glauben würden und man sich plötzlich wirklich glücklicher fühlte. Ob das echt funktionierte? Phoebe half ihren Eltern die Taschen aus dem Kofferraum zu holen und atmete, als sie eine schwere Tasche erwischte und aus dem Auto hob, tief ein. Die Luft roch nach Landluft und ein bisschen nach Pferden und Pferdemist. Aber das bildete sie sich eh nur ein, weil sie so in Gedanken bei Nevio und Milan war. Zusammen trugen Sie die Taschen ins Haus. Phoebe nahm ihren Rucksack und stellt ihn auf ihr Bett, in ihrem Zimmer. Sie hörte, wie ihr Vater mit ihren Großeltern telefonierte und ihnen Bescheid gab, dass sie gut zu Hause angekommen waren. Auch, wenn sie zwischendurch kurz im Stau gestanden hatten.

213

In der Zwischenzeit räumte Phoebe die getragene Wäsche von ihr in ihren Wäschekorb und sortierte den Rest aus ihrem Rucksack in die Regale ein. „ Phoebe gehst du mal bitte kurz zu Jenny und Brian rüber! Sie haben noch Geschirr von uns und unsere Spülmaschine ist voll." „Ja, mache ich."

Ihre Tante Jenny und ihr Onkel Brian wohnten direkt gegenüber auf dem Grundstück, was echt cool war, weil sie im Herbst dann abends oft zusammen saßen, Lagerfeuer machten und quatschten bis in die Nacht. „Danke Mäuschen!" rief ihre Mutter noch. Phoebe stopfte ihren Rucksack in die Schublade unter ihrem Bett und ging dann raus zur Veranda, wo ihre Schuhe standen. Sie schlüpfte schnell in die alten Turnschuhe. Die passten zwar gar nicht zum Kleid, aber egal. „Die Spülmaschine ist voll. Na super!" dachte Phoebe. Das hieß nämlich, dass sie die heute noch ausräumen durfte, bevor sie ins Bett ging. Mit schnellem Schritt lief sie durch ihren Garten und durch das Tor rüber zum Nachbargrundstück. Sie öffnete die weiß lasierte Gartentür und schloss sie hinter sich direkt wieder. In dem Moment kam ihre Tante um die Hausecke. „Ach, Phoebe! Wir haben noch Geschirr von euch." sagte sie, als sie das Mädchen sah. „Deswegen bin ich hier!" lachte Phoebe und umarmt ihre Tante. Sie folgte ihr ums Haus herum und erstarrte. Phoebe konnte nicht glauben, was sie da sah. Plötzlich tauchten ihr Onkel und ihre Eltern neben ihr auf, doch das bemerkte sie gar nicht. „Oh mein Gott!" hauchte sie und begann in Tränen auszubrechen. Vor ihr standen Milan und Nevio und grasten friedlich auf einem eingezäunten Stück Rasen. „Na, da staunst du! Was?" rief ihr Onkel lachend. Ihre Tante schloss das Mädchen liebevoll in die Arme. „Deine Eltern haben gesagt, wie unglücklich du bist, wenn du die Beiden nicht sehen kannst. Alleine konnten sie es sich nicht leisten, aber zusammen schaffen wir das schon!" erklärte sie der, Freudentränen überströmten Phoebe. Ihre Eltern und ihr Onkel kamen dazu und alle umarmten sie das, vor Freude weinende Mädchen. „Wir haben in den letzten Wochen gesehen, wie sehr du dich, trotz deiner Trauer in der Schule angestrengt hast. Jetzt wirst du die Beiden immer bei dir haben können. Wir sehen dich doch auch viel lieber lächeln!" „Dankeschön! Das ist so unglaublich! Sie sind wirklich hier!" Phoebe wischte sich die Tränen aus dem Gesicht und löste sich aus der dicken Familienumarmung. Überglücklich schlüpfte sie durch den Zaun und kuschelte sich freudestrahlend an das Pferd und das Pony, die beide dicht beieinander standen. Milan hob den Kopf und drückte ihn an ihren Rücken, als würde er sie umarmen und Nevio begann vergnügt an ihrer Hand herum zu knabbern. „Ihr seid wirklich hier!" flüsterte Phoebe und wieder stiegen ihr die Tränen in die Augen. Sie sank auf den Boden und Nevio streckte ihr seinen Kopf entgegen, damit sie ihn streicheln konnte. „Wie habt ihr das gemacht?" fragte Phoebe, während sie Milan und Nevio streichelte. „Brian ist Samstagabend noch nach Eichental gefahren und hat die beiden, wie vereinbart abgeholt. Damit du nichts merkst, mussten wir uns alle echt anstrengen! Lauren & Ray waren begeistert von unserer Idee und waren auch einverstanden, dass wir die Beiden nicht nur kaufen, sondern sie auch gleich mit hierher nehmen. Jetzt wohnen sie offiziell hier in Fieldbrook." sagte ihr Vater. „Und keine Sorge, die Spülmaschine war bloß ein kleiner Trick. Wenn du möchtest, kannst du mit einem, von den Beiden jetzt noch ein bisschen ausreiten gehen. Über das Feld hier und durch den Wald darfst du reiten. Ist schon alles mit dem Bauern und Förster abgesprochen." rief ihre Mutter strahlend. „Dankeschön! Danke euch allen!" schrie Phoebe vor lauter Glück und fiel jedem von ihnen um den Hals. Alle drückten ihr noch einen Kuss auf und dann zeigten sie ihr, wo die Pferde in Zukunft richtig standen, wo ihr Futter stand und wo Sättel, Trensen, Putzzeug und all das Andere lag.

Am Himmel ging langsam die Sonne unter, als Phoebe Nevio trenste und sich ohne Sattel auf den Rücken des schwarz-weiß gescheckten Ponys schwang. „Bis später!" rief sie überglücklich allen zu und ritt lächelnd mit Nevio zum Feld durchs Gartentor hinaus. Einige Minuten später trabte sie mit ihm in Richtung Sonnenuntergang und ließ ihre langen Haare, soweit es ihr Reithelm zuließ im Wind wehen. Erst jetzt fiel ihr auf, dass sie nicht einmal eine Reithose angezogen hatte. Sie hatte immer noch das schwarze Sommerkleid an, dass ihr jetzt gerade so bis zum Knie reichte. Egal! Für einen kurzen Ausritt würde das schon gehen. Zwischen einer Waldinsel im Feld und dem großen Wald führte ein kleiner Weg, den sie kannte, seit sie noch klein war, wie auch den Rest, des gesamten Waldes. In jeder ihrer Ferien, als Phoebe noch in die Grundschule gegangen war, hatte sie mit ihrer anderen Oma, nicht der aus Eichental, sondern der anderen, die sie leider nicht so oft sah, den Wald und die Umgebung hier erkundet. Sie hatte damals immer einen kleinen Ast mitgenommen und gespielt, es wäre ihr Pferd. Nun kannte sie jeden, noch so klein Waldweg hier, wie ihre Westentasche.

Auf dem Waldweg angekommen, drückte sie Nevio vorsichtig die Beine an den Bauch und ließ ihn angaloppieren. Zu ihren

Seiten flogen bunte Blumen, Sträucher und Bäume vorbei und die Luft duftete nach einem Spätsommerabend, obwohl sie schon längst Herbst hatten, nach Wald und Pferden. Phoebe gab dem gescheckten Pony, mit dem hübsch glänzenden, blauen Auge, völlig die Zügel hin. In einem rasanten Galopp flogen sie über den Waldboden dahin. Sie ließen die Waldinsel hinter sich und galoppierten, wie der Wind auf das große Feld hinaus. Die untergehende Sonne tauchte den Himmel in Rosa-, Lila- und Blautöne und die Umgebung in ein orange, goldenes Licht. Phoebe schloss die Augen. Sie vertraute ihrem Nevio blind. Wie das klang! IHR Nevio! Es war einfach unglaublich, dass Nevio und Milan jetzt ihre Pferde waren. Ein größeres Glück gab es nicht! Das Mädchen beugte sich dicht über den Hals des Pferdes und hielt die Augen weiter geschlossen. Der Rhythmus und Takt das Ponys, die kraftvoll donnernden Hufe, die über den Boden des Feldes preschten, diese unglaublich gut duftende Luft, die sie beide umgab und das Adrenalin, das jetzt durch ihre Adern strömte, vermischt mit hunderten von Glücksgefühlen, machte diesen Moment einfach perfekt. In ihrem Kopf tauchte plötzlich ein Ohrwurm auf. "With or without you" hieß das Lied. Sie hatte es heute auf der Rücktour im Auto gehört. With or without you... With or without you... I can't live with or without you...

Phoebe bekam eine Gänsehaut. Sie öffnete langsam ihre Augen und nahm die Zügel wieder neu auf. Nevio parierte durch in einen gemütlichen, lockeren Trab. Vor ihnen lag, in ein paar Metern Entfernung eine weitere, größere Waldinsel im Feld, die einen kleinen See umgab. Noch kurz dorthin und dann wieder zurück reiten. Sie kamen an einen kleinen Abhang, der hinunter zum See führte. Dort stieg Phoebe ab und führte das Pony vorsichtig den Weg runter. „Na komm mein Kleiner! Da unten ist es wirklich schön!" Als Antwort schnaubte Nevio ihr liebevoll entgegen und folgte ihr. Die flauschigen Pferdeohren drehte er neugierig nach vorn. Der See war umgeben mit unzähligen Büschen, Sträuchern und Bäumen, die sich in den unterschiedlichsten Grüntönen um den See säumten. Die Abendluft war hier ziemlich kühl und frisch, im Gegensatz zu oben auf dem Feld. Trotzdem zog Phoebe die Turnschuhe und ihre Socken aus und lief an dem kleinen Sandstrand, der maximal eine Länge von 10 Metern hatte umher und watete ins kühle Wasser, bis es ihr über den Knöchel reichte. Nevio prustete etwas misstraurig die Luft aus seinen weichen, rosanen Nüstern und musterte skeptisch dass fremde Gewässer. Phoebe

219

hielt die Zügel in der einen Hand und mit der anderen streichelte sie seinen hübschen Ponykopf. „Du brauchst keine Angst haben mein Süßer! Das Wasser ist schön kühl. Genau, wie sonst wenn wir beide schwimmen gehen. Schau mal!" neckte sie ihn und spritze etwas Wasser auf seine Beine. Er sah immer noch nicht ganz überzeugt aus, bis er plötzlich, aus heiterem Himmel leicht auf die Hinterbeine stieg und einen Satz ins Wasser, direkt neben Phoebe machte. Durch den Sprung spritze das ganze Wasser durch die Luft und genau auf Phoebe drauf, wie in einer Fontäne. Ziemlich verblüfft über Nevios Hüpfer, schaute sie ihr Pony lachend an, das gerade mit dem rechten Vorderbein durchs Wasser panschte und das nur so zu allen Seiten spritzte. Innerhalb kürzester Zeit waren sie beide ziemlich nass. Phoebe fröstelte etwas. „So. Jetzt aber schnell nach Hause mein Hübscher! Sonst erkälten wir uns noch." Sie führte ihn aus dem Wasser und wieder den Abhang hinauf. Oben stieg sie auf und lies Nevio aus dem Stand angaloppieren. Bloß schnell nach Hause und abtrocknen!

Am nächsten Morgen wachte Phoebe schon sehr früh auf. Kein Wunder! Sie musste zur Schule. Aber vorher wollte sie noch nach Milan und Nevio sehen. Noch im Schlafanzug schlich sie sich um fünf Uhr aus dem Haus. Ihre Eltern würden erst in einer halben Stunde aufstehen. Das war genug Zeit, um den beiden Pferden ihr Futter zu geben und die Pferdeäppel von ihrer Koppel zusammen, die sie dann neben dem Grundstück ihrer Tante stapeln würde. Dort sollte nämlich der Misthaufen hinkommen, weil man von dort gut den ganzen Mist wegfahren konnte. Draußen kam sie am Wäscheständer vorbei. In der Dämmerung konnte sie erkennen, dass ihr Kleid von gestern noch darauf hing. Sie griff danach. Es fühlte sich noch klamm und feucht an, weshalb sie es hängen ließ und weiterging.

Milan und Nevio wieherten ihr freundlich entgegen, als sie angelaufen kam. „Guten Morgen ihr Hübschen!" rief sie und knuddelte einen nach dem anderen, bevor sie die Futtereimer holte, Möhren, jeweils einen Apfel und etwas Gerste, vermischt mit ein wenig Rapsöl, hinein gab und sie dann in unterschiedliche Ecken der Koppel stellte, damit Nevio und Milan in Ruhe fressen konnten, ohne sich gegenseitig zu stören oder zu beklauen.

Während die Pferde mit ihrem Futter beschäftigt waren, hatte Phoebe sich den Bollensammler und Mistkratzer geholt und die Schubkarre neben den Koppeleingang gestellt. Zügig sammelte sie die Pferdeäppelhäufchen auf und lud sie anschließend in die

Schubkarre. Groß, wie die Schubkarre war passten alle Pferdeäpfel, die sich über Nacht auf der Koppel angesammelt hatten hinein. Zwar war die Karre bis oben hin voll, als Phoebe fertig war, aber sie musste wenigstens nicht mehrmals die Schubkarre wegbringen. Die Schubkarre schüttete sie aus und räumte dann wieder alles dorthin zurück, wo sie es her geholt hatte. Erstaunlicherweise hatte ihr Schlafanzug nicht einen Fleck abbekommen, wie sie feststellte, als sie gerade zum Haus zurückging. In ihrem Zimmer angekommen packte sie schnell die Sachen für ihre Schule heute. Plötzlich kamen ihre Eltern rein. „Guten Morgen!" rief sie strahlend. „Na, Spatzi!" antwortete ihr Vater. „Guten Morgen Schnecki!" rief ihre Mutter.

Beim Frühstück strahlte Phoebe vor sich hin. Das Mädchen wusste gar nicht wohin mit ihrer guten Laune. „Warst du schon bei deinen Pferdchen?" fragte ihre Mutter. „Ja, klar! Gefüttert und die Koppel abgeäppelt habe ich auch schon!" erzählte sie stolz. „Wann bist du denn aufgestanden?" fragte ihr Vater lachend. „Na um fünf." sagte Phoebe, als wäre es das Normalste der Welt freiwillig so früh aufzustehen. Ihre Eltern schüttelten nur lachend den Kopf. „Du und deine Pferde!"

Kapitel 13

Am nächsten Nachmittag kam Susan nach der Schule mit zu Phoebe nach Hause. Total aufgeregt zappelte sie auf ihrem Sitz im Bus hin und her. Phoebe hatte versprochen ihr Reitunterricht zu geben, sollte sie jemals ein eigenes Pferd haben oder eine Reitbeteiligung, wo die Besitzerin erlauben würde, ihre beste Freundin ab und zu auch mal auf dem Pferd reiten zu lassen. Auch, wenn das meistens aus versicherungstechnischen Gründen nicht ging, weil der Jenige, der nicht im Vertrag stand auch nicht versichert war.

Doch jetzt hatte sich Phoebe's großer Traum tatsächlich erfüllt. Zwei eigene Pferde!

Auf einmal vibrierte ihr Handy in ihrer Hosentasche. Jake rief an. Phoebe hatte ihrer besten Freundin schon längst alles über ihn erzählt und ihr, von ihm vorgeschwärmt. Sein Name auf ihrem Display verursachte plötzlich ein Schlag in ihr, der für starkes Herzklopfen sorgte. Phoebe begann zu grinsen, wie ein Honigkuchenpferd und Susan drängelte: „Geh ran! Geh schon endlich dran!" Die Hitze stieg ihr in den den Kopf und mit hochroten Wangen drückte sie auf "Anruf annehmen". „Hallo?"

meldete sie sich schüchtern. „Hey! Hier ist Jake. Ich wollte fragen, ob du am Wochenende Zeit hättest. Ich habe gehört, in Fieldbrook gibt es einen schönen Park. Da soll man auch gut skaten können. Hättest du Lust?" fragte er mit seiner warmen freundlichen Stimme. Phoebe's Herz schien vor Freude auf und ab zu hüpfen. „Ja, gerne! Das wäre toll!" „Fänd ich auch. Wir wollten uns ja zum Skaten treffen. Wenn Du möchtest können wir auch ein Picknick machen." schlug er vor. Eine winzige Spur von Schüchternheit schwang in seiner Stimme mit. „Ich fand dich nämlich echt sympathisch, als wir uns im Schwimmbad getroffen haben." Schnell fügte er hinzu: „Das soll jetzt keine dumme Anmache sein. Also tut mir leid. Ich... Ich fand dich eben mega nett." „Es wäre toll, wenn wir uns treffen würden. Und nein. Alles gut! Ich fand dich auch sehr nett! Oh Gott. Jetzt werde ich kitschig!" Beide mussten sie lachen. Die anderen Passagiere im Bus sahen Phoebe an und musterten das lachende Mädchen. Susan grinste verschmitzt neben Phoebe vor sich hin. Phoebe ignorierte die Leute, die sie anstarrten. „Gut. Dann... Dann sehen wir uns am Samstag?" fragte er freundschaftlich. „Machen wir!" antwortete Phoebe glücklich. „Super! Ich freue mich!" „Ich mich auch! Wir können ja noch mal schreiben, wann, also, um wie viel Uhr wir uns treffen wollen. Bis dann!" sagte Phoebe. „Genau. Ich schreibe dir heute Abend noch mal. Oder morgen oder so. Wir haben ja erst Dienstag!" lachte er. „Bis dann!" „Tschüss!" rief Phoebe und legte auf.

„Ich treff mich Samstag mit ihm!" erzählte sie Susan aufgeregt. Jetzt war sie es, die hibbelig auf ihrem Sitz hin und her rutschte. Susan freute sich. „Cool! Das ist ja super! Der ist bestimmt total verknallt!" „Ach Quatsch!" winkte Phoebe gespielt ab. Innerlich hoffte sie jedoch, dass Susan recht hatte. „Na klar! Außerdem, so, wie du grinst, beruht das bestimmt auf Gegenseitigkeit!" Phoebe lachte nervös. „Nein! Ja, doch... Vielleicht hast du Recht." stotterte sie vor sich hin und musste lächeln. „Hey! Ich freue mich für Dich!" „Dankeschön!" Phoebe und Susan umarmten sich. Dann drückte Phoebe auf den Stoppknopf und sie stiegen aus.

Später hatten sie Milan zusammen geputzt und Phoebe zeigte Susan, wie man ein Pferd sattelte und trenste. Ihre beste Freundin hatte aufmerksam zugesehen und dann Phoebe's Reithelm aufgesetzt.

„So. Dann los!" rief Phoebe und führte Milan auf's Feld. Susan folgte ihr etwas unsicher. Nachdem Phoebe den Sattelgurt noch einmal festgezogen hatte, ließ sie ihre Freundin aufsteigen. „Gut. Dann setz dich mal schön in den Sattel rein. Mach den Rücken gerade und versuch, dich so tief in den Sattel rein zu setzen, wie es nur geht." „Okay. Alles klar!" Susan tat genau das, was Phoebe ihr sagte. „So. Und dann stellst du deine Füße nur mit den Zehenspitzen in die Steigbügel." „Achso. Gar nicht ganz?" fragte Susan erstaunt. „Genau. Sonst könnte es passieren, wenn du mal runterfallen solltest, dass du in den Steigbügeln hängen bleibst. Hatte ich schon. Glaub mir, das ist nicht so lustig!" lachte Phoebe und auch Susan schien lockerer zu werden. Phoebe befestigte eine Longierbrücke mit der Longe an den Gebissringen von Milans Trense und hielt die Longierpeitsche in der rechten Hand nach hinten. „Gut so! Dann nimmst du die Zügel auf. Dafür machst du zwei Fäuste vor dir, ungefähr schulterbreit auseinander. Die Zügel hälst du zwischen deinem kleinen Finger und dem Ringfinger und der Rest, also das Ende der Zügel hältst du in der Faust und auf das Ende, dass dann oben raushängt legst du deine Daumen." erklärte Phoebe. Susan sah sie verständnislos, mit großen Augen an. „Moment! Stopp! Was? Hä?" sie lachte und verhedderte sich beim Versuch, die Zügel aufzunehmen immer mehr. Phoebe musste bei dem Anblick auch lachen.

„Entschuldige! War vielleicht etwas kompliziert erklärt!"
„Ach! Nee, gar nicht!" lachte Susan ironisch. Phoebe zeigte ihr direkt an Milans Zügeln, wie man sie halten musste. „Achsooo! Ja gut, das ist leichter getan als gesagt." rief Susan grinsend. „So." Phoebe stellte sich ein Stück entfernt von Milan hin in der linken Hand hielt sie die Longe, nur zur Sicherheit, in der rechten die Peitsche. „Wenn du anreiten möchtest, drückst du mit deinen Waden an den Pferdebauch. Ruhig etwas doller! Du tust ihm nicht weh! Du musst nicht ausholen. Die Beine bleiben immer am Pferdebauch dran. Du musst nur drücken." Susan hörte aufmerksam zu und drückte Milan vorsichtig die Beine an den Bauch. Das Pferd setzte sich ruhig in Bewegung. Phoebe lies die Peitsche auf den Boden fallen. Die brauchte sie jetzt nicht. Sie ließ Milan in einem ruhigen, aber trotzdem guten Arbeitsschritt laufen und erklärte ihrer besten Freundin alles möglich über das Reiten und über Pferde. Susan lächelte, hörte aufmerksam zu und zeigte sich von der besten Seite. Schon nach wenigen Minuten hatte sie einen guten Sitz und zeigte sich auch viel sicherer. Dass sie nicht gleich bei einem Dressurturnier starten konnte, war klar. Aber, weil Susan schon einmal eine Reitstunde gehabt hatte, machte sie sich eigentlich ganz gut. Phoebe erklärte ihr, wie

man ein Pferd lenkte und auch wieder anhielt oder schneller laufen lassen konnte. „Wenn du möchtest, kannst du mal eine Runde versuchen zu traben." bot sie Susan an und zeigte ihr den Haltegriff am Sattel, an dem sie sich zur Not festhalten konnte. Sie erklärte Susan, worauf man beim Traben achten musste und was der Unterschied zwischen dem Leichttraben und dem Aussitzen war. „Ja, ich würde es gerne mal probieren." rief Susan und drückte Milan wieder vorsichtig die Waden in den Bauch, so wie es ihr Phoebe erklärt hatte. Aber Milan tat als wäre nichts gewesen. „Na los Milan!" forderte Phoebe ihn auf. Er drehte ein Ohr zu ihr, aber das war auch schon alles. „Te-...-rab!" trieb sie ihn an und Susan drückte weiter mit den Beinen. Phoebe wollte gerade die Peitsche aufheben und ihn einfach damit etwas anticken, wie man es beim Longieren machte, aber dann begann er doch von selbst anzutraben. „Uaaah!" machte Susan und hielt sich erst einmal im Haltegriff fest. „Möchtest du aufhören?" fragte Phoebe vorsichtshalber. „Nee. Geht schon! Ich hab's gleich." Susan versuchte leichtzutraben. Irgendwann hatte sie den Dreh raus und stand im Takt auf und setzte sich wieder. Elegant war zwar anders, aber welcher Reitanfänger konnte das sofort? Richtig. Keiner! Niemand war perfekt und jeder hatte einmal klein angefangen. Tack, tack, tack, tack, tack, gingen Milans Hufe über den Boden. Ab und zu musste Susan umsitzen, aber aufhören wollte sie am liebsten gar nicht mehr.

„So. Dann lehne dich mal ein bisschen zurück und ziehe leicht an den Zügeln und drehe dabei die Fäuste etwas nach innen." Susan parierte Milan durch und ließ ihn weiter Schritt laufen. „Super! Lauf noch fünf Runden Schritt und dann reicht es für heute!" rief Phoebe der strahlenden Susan zu. „Okay, mach ich. Das war ja voll cool!"

Wenig später stieg Susan ab und ächzte, als sie auf dem Boden aufkam. „Oh, mein Hintern!" stöhnte sie und stakste humpelnd neben Phoebe her, die Milan zur Koppel brachte und ihm dann Sattel und Trense abnahm. „Hätte ich dir sagen sollen, dass du jetzt wahrscheinlich die nächsten zwei Tage Muskelkater haben wirst?" Phoebe lachte. Susan versuchte erst grimmig zu gucken, musste dann aber auch lachen. „Du blöde Kuh!" murrte sie lachend. „Lust auf Eis, so als Wiedergutmachung?" fragte Phoebe grinsend und Susan nickte begeistert.

Die ganze Woche über hielt Phoebe es in der Schule fast nicht aus. Wenn ihre Eltern fragten, was sie in der Schule gemacht hatten, antwortete sie nur: „Nichts Besonderes!" In

Wirklichkeit aber, hatte sie null Ahnung, was sie in der Schule gemacht hatte. Vielleicht waren da ein paar Erinnerungsfetzen, aber sobald sie aus der Schule kam, hatte sie nur noch eins im Kopf: Milan und Nevio!

Mittlerweile war Freitag und als sie endlich zu Hause war, schmiss sie ihre Tasche in die eine Ecke, ihre Jacke pfefferte sie in die andere und rannte nach draußen, rüber zu Nevio und Milan. Eigentlich hatte sie vorgehabt auszureiten, aber der Himmel verdunkelte sich schlagartig und plötzlich begann es zu schütten, wie aus Badewannen. Ihr Onkel hatte aus Holz einen Unterstand für die Pferde gebaut und ihn hinten, in die linke Ecke der Koppel gestellt. Dort lag Stroh auf dem Boden, damit die Pferde es weicher hatten, wenn sie sich dorthin legten. Jetzt saß Phoebe dort im Stroh und hörte Musik. Sie sah den Pferden beim Grasen zu. Das beruhigende Rauschen und Klopfen des Regens auf dem Dach, des Unterstandes und der Anblick ihrer Pferde machten Phoebe in diesem Augenblick so glücklich. Sie brauchte dafür heute keinen Ausritt! Die Strickjacke, die sie trug war warm und kuschelig. Phoebe legte sich auf die Seite und schaute weiterhin Milan und Nevio zu. Auch, wenn der Himmel grau war, durch den Regen glänzte das Fell der beiden Pferde so wunderschön, als hätte sie jemand stundenlang geputzt.

Close your eyes... Give me your hand darling... Do you feel my heart beating... Do you understand... Do you feel the same?... trällerte Susanna Hoffs von den Bangles aus ihrem Handy.

Phoebe musste eingenickt sein, denn als sie plötzlich die Augen aufschlug, war es abends. Nevio stand neben ihr im Stroh und döste, während Milan immer noch das Gras aus dem Boden rupfte. Verschlafen sah sie auf ihre Uhr. Schon siebzehn Uhr achtundzwanzig. Zeit, mal langsam wieder nach Hause zu gehen. Ihre Eltern warteten bestimmt schon auf sie, auch wenn sie wussten, dass sie bei den Pferden war. Als sie aufstand fühlte sie sich, wie gerädert, beeilte sich aber trotzdem schnell rüber zu ihren Eltern. Ihre Mutter stand am Herd und kochte Kartoffeln für das Abendessen. Auf dem Tisch stand schon eine Schüssel, gefüllt mit dem leckeren selbstgemachten Quark ihrer Mutter. „Mmh! Sieht lecker aus Mama!" sagte Phoebe und gab ihrer Mutter und ihrem Vater, der gerade in die Küche kam jeweils einen Kuss auf die Wange.

Beim Abendessen erzählte sie: „Ich treffe mich morgen mit Jake." „Wer ist denn Jake?" fragte ihre Mutter misstraurig und sah ihre Tochter prüfend und eindringlich an. „Na der Junge aus der Schwimmhalle. Wir treffen uns in dem Park, hier in Fieldbrook." „Aha." machte ihre Mutter. Entweder vor lauter Desinteresse oder vor lauter Sorge, um ihre Tochter, die sich mit einem Jungen traf, den sie noch nicht kannte. Wahrscheinlich eher zweiteres. Denn soweit Phoebe ihre Mutter kannte, vermutete sie immer gleich alles Schlechte, was passieren konnte. „Na dann viel Spaß!" wünschte Phoebe's Vater und zwinkerte ihr lächelnd zu. Er war nicht so überfürsorglich, wie ihre Mutter. Es hatte aber auch beides seine Vor- und Nachteile. „Ja, aber mach keinen Quatsch!" sagte ihre Mutter, die jetzt auch lächelte. „Dankeschön! Und nein, mache ich nicht." „Was Ist jetzt eigentlich mit deiner Ausbildung später? Du hast ja Milan und Nevio jetzt hier." fragte ihr Vater neugierig. „Ich hab's mir anders überlegt. Hier in der Nähe von Fieldbrook gibt es auch einen Ausbildungsstall. Ich habe mich schon mal da beworben und sie haben gesagt, dass ich mit großer Wahrscheinlichkeit nach der zwölften Klasse, wenn ich fertig bin, da meine Ausbildung machen kann. Sie werden mich noch einmal in ein paar Wochen genauer informieren, ob oder ob nicht. Aber, wie gesagt, die Wahrscheinlichkeit ist sehr hoch, dass sie mich nehmen. Ich habe das schon mit Oma und Opa abgesprochen, dass ich wahrscheinlich doch hier bleibe. Das konnten sie auch gut verstehen." „Na das klingt doch gut!" sagte ihre Mutter. „Finde ich auch!" lachte ihr Vater. Anschließend lud Phoebe sich noch eine neue Portion Quark auf ihren Teller und aß weiter. Sie hätte nicht gedacht, dass ihre Eltern das einfach so, ohne zu hinterfragen akzeptiert hätten. Deshalb war sie jetzt umso glücklicher, dass sie so aufgeschlossen und verständnisvoll reagiert hatten.

Nach dem Abendessen setzte sie sich mit ihrem Handy ins Bett und schaute, ob sie neue Nachrichten auf WhatsApp bekommen hatte. Tatsächlich leuchtete in ihrer Benachrichtigungszeile die Sprechblase mit dem Telefonhörer darin. Die Nachricht war von Jake. Täglich hatten sie jetzt miteinander geschrieben und verstanden sich so gut. Er hörte ihr zu und sie ihm. Und egal, ob völliger Schwachsinn oder mal ein ernstes Gespräch, mit ihm konnte sie über alles reden. Er brachte sie zum Lachen und war ihr so sympathisch mit seiner aufgeschlossenen, ehrlichen und freundlichen Art. Viele Jungs, eigentlich fast alle aus Phoebis Jahrgang, in der Schule waren eingebildet, oberflächlich oder aufdringlich, vor allem, wenn sie in der Gruppe waren. Jake war nicht so. Er interessierte sich wirklich für sie und stempelte sie nicht simpel, als Stallzicke oder Landei ab. Auch, wenn er sich mit Pferden nicht allzu gut auskannte, interessierte er sich für Phoebe und ihre Begeisterung für diese Tiere. Er urteilte nicht schlecht oder falsch über sie und machte sich nicht über sie lustig. Sie unterhielten sich viel über ihre Hobbys, Lieblingsfilme und Musik. Er fragte jeden Tag, wie es ihr ging. Selbst Gale, den sie nie so oft hätte sehen können, wie manche Mädchen, die sich jeden Tag mit ihrem Freund trafen, hatte ihr nicht so oft geschrieben. Er hatte nicht von selbst geschrieben und schon gar nicht angerufen. Nicht einmal zu ihrem Geburtstag hatte er angerufen, nur eine kurze Nachricht mit Happy Birthday hatte er geschrieben. Wenn sie dann mal bei ihm gewesen war, saß er trotzdem nur drinnen, zockte oder schaute stundenlang Fernsehen, oft ohne sie über eine Stunde zu beachten. Trotzdem war sie bei ihm geblieben, hatte sich kaum getraut andere Jungs anzusehen oder kennenzulernen. Vielleicht war da eine Angst, dass ihr ein anderer Junge zeigen konnte, wie abwertend Gale sie ständig behandelte. Sie hatte sich immer eingeredet, dass sie ihn liebte, wie er war und, dass sie mit ihren Gedanken übertrieb und sich wie eine Klette an ihm festklammerte, in der Hoffnung, er würde sie nicht fallen lassen, weil sie ihm vielleicht noch nicht das gab, wonach er sich eigentlich längst sehnte und nur aus Höflichkeit, sie nicht versucht hatte zu irgendetwas zu überreden. Phoebe war in dieser Zeit so dankbar dafür gewesen, dass ein Junge sie überhaupt wirklich liebte. DANKBAR! Das hatte sie jedenfalls geglaubt in ihrer rosaroten Verliebtheit. Heute und seit dem Tag, an dem er Schluss gemacht hatte, wusste sie, dass diese Dankbarkeit nur eine Folge ihre eigenen Naivität war.

Aber aus Fehlern lernte man. Jetzt bei Jake hatte sie von Anfang an ein ganz anderes Gefühl. Sie öffnete die Nachricht und laß: „Hey, Wie geht's? Ich gehe gleich schlafen, bin so müde. Morgen zwölf Uhr dreißig Uhr steht?" „Mir geht's gut und dir? Na dann gute Nacht und schlaf gut! Ich gehe erst später ins Bett. Und ja, morgen zwölf Uhr dreißig steht." antwortete Phoebe und dachte mit einem nervösen Lächeln an den morgigen Tag. Nicht nur, dass sie Jake wirklich wieder traf, morgen würde sie mal wieder auf ihrem Skateboard stehen und versuchen nicht runterzufliegen. Das würde ja was werden! „Supi. Dann sehen wir uns morgen! Ich freue mich. Träum was schönes und schlaf auch gut!" kam seine Antwort. „Kannst dich definitiv freuen! Du wirst ganz schön was zu lachen haben, wenn ich da versuche, mich auf dem Skateboard zu halten!" „Ach Quatsch! Außerdem kann ich jetzt auch nicht sooo gut skateboarden. Fallen wir eben beide hin. Na und! Hauptsache, es macht Spaß!" schrieb er und Phoebe musste lächeln. „Genau! Dann bis morgen." schrieb sie ein letztes Mal. Er schickte ihr einen lächelnden Smiley und sie antwortete mit dem gleichen Dann packte sie ihr Handy weg und ging noch einmal schnell zu Nevio und Milan rüber, den Beiden gute Nacht sagen.

Nevio stand noch im Gras und döste vor sich hin. Sie drückte das Pony an sich. Er war immer noch etwas nass vom Regen, aber das störte sie nicht. „Gute Nacht mein Kleiner! Schlaf schön!" flüsterte sie in sein weiches Ohr. Das kleine Pferd wieherte leise, als würde er ihr antworten. Sie kraulte ihn nochmal hinter den Ohren und ging danach zu Milan. Der große braune Wallach lag unter dem Unterstand im Stroh eingekuschelt. Seine lange schwarze Mähne und sein Schweif waren ausgebreitet, als wäre er bei einem Fotoshooting, mal abgesehen von dem bisschen Stroh in seinem Fell. Mit einem tiefen, warmen Wiehern begrüßte er das Mädchen. „Na mein Hübscher! Liegst du schon in deinem Bettchen? Ist das gemütlich?" Sie legte sich neben das Pferd und streichelte es liebevoll und behutsam über seinen Hals und dem, im Stroh liegendem Kopf. Milan genoss die Streicheleinheit und schloss

zufrieden die Augen. „Gute Nacht! Träum' was schönes!"
flüsterte sie auch ihm ins Ohr und stand auf. Am Koppelzaun
angekommen, drehte sie sich nochmals zu den beiden Pferden
um. „Hab euch lieb!" rief sie. Beide hoben sie ihre Köpfe und
sahen sie freundlich aus ihren dunklen großen Augen an, als sie
unter dem Zaun hindurch schlüpfte und ihnen noch einmal
zuwinkte.

Als sie wenig später im Bett lag, dachte sie glücklich an
morgen. Sie freute sich wirklich sehr morgen mit Jake zu
skaten und mit ihm ein Picknick zu machen. Vorgestern hatte
sie versprochen, sie würde diese leckeren, kleinen Minimuffins
mitbringen. Davon müssten sie noch welche im Vorratsschrank
haben. Jedenfalls hatte sie die vor dem Wochenende darin
liegen sehen. Im Gegenzug wollte Jake Cola und Sprite
mitbringen. Sozusagen würde es ein Minipicknick werden. Auf
jeden Fall sollte morgen die Sonne scheinen. Das konnte ja nur
ein toller Tag werden!"

Kapitel 14

Die frühe Morgensonne schien Phoebe, vom Fenster aus ins Gesicht. Bis eben hatte sie noch, eingekuschelt in ihr Bett, gemütlich geschlafen. Doch die Sonne erstrahlte ihr Zimmer in einem gleißend hellen Licht. So war es unmöglich für Phoebe, die sowieso einen unruhigen und sehr leichten Schlaf hatte, sich einfach umzudrehen und weiter zu schlafen. Sie sah in Richtung Fenster und beobachtete die vorbei fliegenden Schwalben, Spatzen und Schmetterlinge. Der Himmel war blau, wie das Meer und für einen kurzen Moment fühlte sich das Mädchen wieder hingezogen zu den griechischen Inseln, auf denen sie vor Jahren, mit ihren Eltern Urlaub gemacht hatte. Dieses glasklare, türkise Meer, die kleinen Riffe, an den sie vorbei getaucht waren, dieses leckere Essen, - sie hatte jeden Abend, in den zwei Wochen auf Kreta nur Nudeln, mit verschiedenen Soßen und Beilagen oder Gyros und andere griechische Spezialitäten gegessen - , diese super netten Leute, die einen anlächelten, obwohl sie eine andere Sprache sprachen und sie sich so nicht einmal unterhalten konnten, aber sie schenkten einem immer ein Lächeln zurück, lächelte man sie an. Phoebe war mit ihren Eltern dreimal auf verschiedene

Inseln dort geflogen und es war jedes Mal ein traumhafter Urlaub geworden.

Auf einmal sah Phoebe am Himmel einen Milan kreisen. Das riss sie aus ihren Gedanken. Sie stand auf und lief, wie so oft einfach in ihrem Schlafanzug rüber zu den zwei Pferden. Die Beiden waren so mit dem Gras beschäftigt, dass sie von Phoebe keinerlei Notizen nahmen. „Guten Morgen!" rief das Mädchen ihnen entgegen. Kurzzeitig drehten sie ihr ihre Köpfe entgegen, wendeten sich dann aber wieder dem Gras zu und beachteten sie nicht weiter. „Na dankeschön, ihr Verfressenen!" lachte sie und begann frisches Heu und das Futter der Beiden zu verteilen. Schließlich war sie fertig und ging wieder in ihr Zimmer zurück.

Was sollte man denn zum Skaten anziehen? Etwas hilflos durchwühlte sie ihren Kleiderschrank, doch nichts schien ihr wirklich zu gefallen. Letztendlich entschied sie sich für das bordeauxrote Sweatshirt und eine gemütliche Jeans. Vielleicht war auch das eine falsche Entscheidung gewesen, aber egal! Warum sollte sie sich weiter darüber den Kopf zerbrechen? Dann wäre sie ja nie zu einem Ergebnis gekommen! Sie nickte ihrem Spiegelbild zu und ging ins Badezimmer. Während sie ihre Zähne putzte, fiel ihr plötzlich wieder ein, dass sie heute alleine frühstücken würde, weil ihre Eltern schon frühs losgefahren waren, um Freunde von ihnen zu besuchen. Mehr Trödelzeit für Phoebe. Umso besser!

Nachdem sie ihre langen Haare zu einem schönen Zopf zusammengebunden hatte, schwarze Mascara und auf ihre Augenlider Glitzerlidschatten aufgetragen hatte, begann Phoebe alles fürs Frühstück auf den Küchentisch zu stellen. Müsli, Cornflakesschälchen, Löffel, Milch und eine Tasse. Sie schaltete den Wasserkocher, der noch zur Hälfte mit Wasser gefüllt war ein und holte das Cappuccinopulver aus dem Schrank. Anschließend goss sie das heiße Wasser in die Tasse, in die sie schon vier Teelöffel Cappuccinopulver getan hatte und rührte vorsichtig um. Angeblich sollte der Cappuccino zusätzlich noch nach Schokowaffeln schmecken, aber bis Phoebe probieren konnte, musste sie warten, denn der Cappuccino war so heiß, dass sie sich sonst den Mund verbrannt hätte. In der Zwischenzeit schüttete sie Müsli und Milch in ihre kleine Schüssel und begann zu essen. Es war nicht das spektakulärste und tollste Frühstück, aber es schmeckte gut und machte satt. Vorsichtig nahm sie die heiße Tasse am Henkel und pustete in den dampfenden Cappuccino. Sie stellte die Tasse wieder ab und hielt kurz ihren Zeigefinger hinein. So schaute sie immer, ob ihr Cappuccino noch zu heiß zum trinken war oder nicht. Lieber verbrannte sie sich kurz den Finger, als die Zunge. Davon hatte man nämlich meistens länger etwas. Und auch heute merkte sie, dass es eine gute Idee war, den Cappuccino erst mit dem Finger zu testen, sonst hätte sie sich ordentlich den Mund verbrannt.

Kurz darauf war sie mit ihrem Frühstück fertig und räumte ihr Geschirr in die Geschirrspülmaschine. Um wenigstens ein bisschen was getrunken zu haben, trank sie ein paar Schlucke aus der Wasserflasche. Die Cappuccinotasse stellte sie auf die Küchentheke und drehte sich zum Vorratsschrank um. Es war zwar erst elf Uhr dreißig, aber sie konnte die Minimuffins ja vorsichtshalber schon einmal einpacken, bevor sie die später noch vor lauter Aufregung vergaß. In Gedanken vor sich hin lächelnd, weil sie gerade an ihr späteres Picknick dachte, öffnete sie die Schranktür und fand auch prompt die Tüte mit den Muffins darin. Die Tüte fühlte sich seltsam schwer an. In diesem Augenblick fiel Phoebe auf, dass sie bereits geöffnet war. Als sie einen Muffin heraus nahm bekam sie einen kleinen Schreck. Der Minimuffin war steinhart. „Oh nein!" stöhnte sie. „Jetzt muss ich extra noch mal los!" meckerte sie genervt und rannte in ihr Zimmer, um auf ihrem Handy zu schauen, wann der nächste Bus zum Supermarkt fuhr. Wenn sie sich beeilte schaffte sie den Bus, der in zehn Minuten kam noch. Das musste sie auch! Nur noch eine Stunde, dann war sie schon mit Jake verabredet. Hastig griff sie nach ihrem Portemonnaie, ihren Haustürschlüsseln und der Tasche, in der sich schon ihre Busfahrkarte befand. „Hoffentlich schaffe ich den Bus noch!" rief sie, als sie aus dem Haus eilte, die Tür abschloss und in Richtung Bushaltestelle rannte.

Gerade so schaffte sie es pünktlich an der Haltestelle anzukommen und in den Bus einzusteigen. Ziemlich außer Atem zeigte sie ihre Fahrkarte vor und ließ sich dann auf einen Sitzplatz fallen, auch wenn sie nur zwei Stationen fuhr. Keine zehn Minuten später stieg sie aus und rannte in den Supermarkt. Nur noch vierzig Minuten!Schnell schnappte sie sich zwei Tüten Mini-Muffins und rannte zur Kasse. Doch wenig später stellte sich heraus, dass alles Rennen und Beeilen nichts brachte. Der nächste Bus sollte erst in dreißig Minuten kommen. So schnell sie konnte lief sie los. Wenn sie jetzt auf den Bus warten würde, hätte sie es niemals bis zwölf Uhr dreißig Uhr nach Fieldbrook geschafft. Aber zu Fuß war sie auch nicht so schnell. Zwar rannte sie die meiste Zeit, aber ihre Ausdauer war nicht mehr so ausgeprägt, wie früher in der vierten Klasse und Sprintweltmeisterin war sie definitiv auch nicht. Langsam hatte Phoebe keine Lust mehr. Ihre Beine wurden schwer und Luft bekam sie auch nur noch sehr schlecht. Zwei Kilometer hatte sie schon hinter sich gebracht und in nicht allzu großer Entfernung sah sie schon den Waldrand, neben ihrem Haus. Vielleicht noch 1 km bis dahin. Kurz blieb das Mädchen stehen und holte Luft. Dann riss sie sich nochmals etwas zusammen und joggte weiter. Knallrot im Gesicht und völlig außer Atem kam sie zu Hause an. Etwas zittrig schloss sie die Haustür auf. Drinnen griff sie zuerst nach der Wasserflasche und trank sie komplett aus. Die Uhr zeigte mittlerweile zwölf Uhr fünfzehn an. Eigentlich müsste sie gleich mit ihrem Skateboard und ihren Mini Muffins loslaufen, aber einfach nur Deo aufsprühen brachte nichts. Panisch, der ganzen Hektik wegen, stieg sie unter die Dusche und duschte sich in Rekordzeit ab. Doch dann stand sie wieder vor ihrem Kleiderschrank. Sie tippelte von einem Bein aufs andere. Wie sie es hasste, so in Eile und Stress zu sein! Ohne weiter drüber nachzudenken, zog sie eine schwarze Jeans und ein graues Sweatshirt an und schnappte sich ihr Skateboard und ihre Tasche. Als sie plötzlich sah, wie spät es mittlerweile war, war sie kurz vorm ausrasten. Nur noch 10 Minuten... Das schaffte sie nie! Doch Phoebe wäre nicht Phoebe, wenn ihr nicht plötzlich die verrückteste Idee überhaupt eingefallen wäre. MILAN!

Innerhalb von fünf Minuten hatte sie wieder die Haustür verschlossen, war rüber zu Milan gerannt, hatte ihn kurz übergeputzt, gesattelt, hatte das Skateboard vorne an ihrer Tasche befestigt und war aufgestiegen. In rasend schnellem Galopp jagten sie über das Feld in die Richtung, in der der Park von Fieldbrook lag. Nur noch wenige Meter, dann würde Phoebe mit Milan den Park erreichen. „Lauf mein Guter!" sagte sie und ließ ihn bis zum Eingang des Parks traben.

„Hey Phoebe!" rief plötzlich eine Stimme und Jake kam ihr lächelnd entgegen. Das Mädchen stieg ebenfalls lächelnd ab. Ein Blick auf ihre Armbanduhr verriet, dass sie zum Glück nur ein paar Minuten zu spät war. „Tut mir leid, dass ich zu spät bin. Die Muffins waren nicht mehr gut und ich musste neue kaufen. Und dann kam kein Bus und -" „Alles gut! Brauchst dich doch nicht zu entschuldigen. Hauptsache du bist jetzt da!" beruhigte Jake sie und umarmte sie. „Schau mal!" Er drehte sich um und Phoebe folgte ihm mit Milan am Zügel. Über den asphaltierten Weg liefen sie rüber zu einer kleinen Wiese. Schon beim ersten Blick konnte Phoebe sehen, dass er sich viel

Mühe gegeben hatte. Über den Boden war eine hellblaue Picknickdecke mit roten Punkten ausgebreitet. Darauf standen zwei hellgrüne Pappteller, gelbe Pappbecher, für jeden eine orangene Serviette und auf der Seite der Decke, auf der Phoebe stand lag ein Blumenstrauß aus rosanen Tulpen, ihren Lieblingsblumen, rosaroten Rosen, lilanen Glockenblumen, blauen Kornblumen, niedlichem Tausendgüldenkraut, das kleine rosane Blüten hatte, gelbe Löwenmäulchen und hübschem Leimkraut. Das waren alles Blumen, die meisten einfache Wiesenblumen, die Phoebe unglaublich gern hatte. Jake griff nach dem Strauß und hielt ihn ihr mit einem zaghaften Lächeln hin, als hätte er Angst, die Blumen würden ihr nicht gefallen. „Ich hoffe du magst diese Blumen." sagte er freundlich. „Die sind total schön! Danke!" bedankte sich Phoebe verlegen und lächelte ihm ebenfalls zu. „Das sieht toll aus! So schön bunt." rief das Mädchen beim Anblick des, buntgedeckten Picknickplatzes. Überall um die Decke herum wuchsen kleine Gänseblümchen auf der Wiese. „Nicht zu bunt? Ich konnte mich leider nicht mehr an deine Lieblingsfarbe erinnern und habe einfach von allem ein bisschen genommen." Jetzt grinste er sie an und Phoebe musste lachen. „Blau und rosa sind meine Lieblingsfarben, aber das hier ist viel schöner!" antwortete sie. „Setzen wir uns?" fragte er aufmerksam. „Ja, gleich. Ich nehme Milan noch schnell den Sattel und die Trense ab." „Milan heißt du also!" Jake machte einen Schritt auf das Pferd mit der schwarzen Mähne zu und ließ ihn an seiner ausgestreckten Hand schnuppern. Freundlich drehte der Wallach seine Ohren nach vorn und sah den Jungen an. Jake strich mit seiner Hand liebevoll über den Kopf des Pferdes. Milan schloss die Augen. „Kein Wunder, dass du Phoebe den Kopf verdreht hast!" scherzte Jake. „Bist ein guter Kerl!" Phoebe wendete dem Jungen beim Absatteln den Rücken zu. So konnte Jake nicht sehen, dass sie gerade vor Glück von einem Ohr zum anderen grinste. Am liebsten hätte sie sich zu ihm umgedreht und gesagt: „Nicht nur Milan hat mir den Kopf verdreht! So jemand, wie du, den findet man leider nicht oft." Aber dafür war sie viel zu schüchtern! Sie legte den Sattel auf die Wiese, nahm Milan noch die Trense ab und legte ihm ein dunkelblaues Halfter an. „So. Fertig!" Sie band Milan mit einem langen Strick am Laternenpfahl fest, so dass er in Ruhe grasen konnte. „Supi! Er ist ein tolles Pferd!" sagte Jake, während sie es sich auf der Picknickdecke gemütlich machten. „Das ist er! Ich bin so glücklich, dass er jetzt mein Pferd ist!" „Glaube ich gerne!" antwortete er.

Phoebe musste einfach vor sich hinlächeln. Sie kannte keinen Jungen, der so aufmerksam war, wie Jake. Er hatte sich an ihre Lieblingsblumen erinnert. Er verstand sie, so gut, wie in jeder Hinsicht und freute sich mit ihr, als Phoebe ihn angerufen und ihm erzählt hatte, dass Milan und Nevio jetzt ihre Pferde waren. Wenn sie telefoniert hatten, dann immer stundenlang. Phoebe hatte das Gefühl sie kannte Jake schon ewig.

„Hast du dein Skateboard bei?" fragte er nachdem sie gegessen hatten. Sie nickte und zog es hervor. Er begutachtete es und drehte es in den Händen. „Schick! Schick!" sagte er lächelnd. „Ja. Schick ist es. Aber fahren kann ich nicht!" lachte Phoebe. „Kein Problem! Das bekommen wir hin! Los rauf mit dir!" forderte er sie grinsend auf. „Na gut. Aber nicht lachen!" sagte Phoebe und sprang auf. „Vielleicht." antwortete er lachend und zwinkert ihr zu.

Auf dem Asphaltweg zeigt er ihr, wie sie sich hinstellen musste, um sicher auf dem Board zu stehen und wie sie schnell und langsam fahren konnte. Er fuhr selbst ein bisschen und zeigt ihr den "Ollie", einen der wichtigsten Skatetricks, die es gab. Der Sprung sah einfach aus, aber das war er definitiv nicht! Nach kurzer Zeit hatte Phoebe raus, wie man gleichzeitig fuhr, lenkte und trotzdem das Gleichgewicht behielt. „Gut so

Phoebe!" rief Jake. Phoebe strahlte. Es machte irre viel Spaß. „So. Wenn du dich traust, kannst du ja mal den Sprung ausprobieren. Aber du musst nicht!" schlug er vor und redete ihr gut zu. „Ich probiere es einfach!" Phoebe ging im Kopf noch einmal durch, wie er ihr den Ollie erklärt hatte. „Okay. Pass aber auf! Denk dran, dass es nicht so leicht ist, wie einfach mit den Füßen in die Luft zu springen! Nicht, dass du dich verletzt." Phoebe fand es süß, wie er versuchte ihr Skateboarden beizubringen und sich gleichzeitig Sorgen um sie machte. „Wird schon schief gehen" Phoebe beschleunigte und fuhr auf Jake zu, der neben dem Weg, auf dem Rasen stand und ihr zusah. Mit einem Ruck wollte sie abspringen, doch es kam etwas anders, als sie erwartet hatte. Das Skateboard ging zwar vorne hoch, schoss ihr aber nach vorn, unter den Füßen weg und Phoebe flog rücklings auf den harten Boden. „Autsch!" schrie sie mehr vor Schreck, als vor Schmerz. „Phoebe! Alles okay?" rief Jake besorgt und rannte zu ihr. „Ja, ich habe mir nur den Ellenbogen angeschlagen." antwortete Phoebe etwas geschockt. Sie hob den linken Arm und winkelte ihn so an, dass sie ihren Unterarm und Ellenbogen sehen konnte. Eine Schramme mit einem lila Fleck drum herrum war sofort zu erkennen. Es blutete nicht doll, war aber doch ziemlich schmerzhaft. „Kannst du den Arm bewegen? Beugen und so?" fragte er sichtlich besorgt. „Ja. Alles gut! Das geht." Jake half dem Mädchen hoch. „Dankeschön! Ich sah bestimmt total bescheuert aus!" sagte Phoebe und lachte etwas verlegen. „Vielleicht ein bisschen." schmunzelte er. „Aber so sah jeder Skateboardanfänger mal aus! Ich kenne keinen der nicht gestürzt ist." munterte er sie auf. „Na dann. Lass uns zurück zu unseren Sachen gehen. Da habe ich auch noch Pflaster in meiner Tasche." sagte Phoebe. Dort holte sie schließlich ein passendes Pflaster hervor. „Soll ich dir helfen?" bot Jake freundlich an und Phoebe reicht ihm dankbar lächelnd das Pflaster. Vorsichtig klebte er es auf die aufgeschürfte Stelle und streichelte noch mal kurz drüber. „So. Schon viel besser oder?" scherzte er und lächelte zurück. „Danke! Ja klar! Ich merke schon gar nichts mehr. Du bist jetzt ein Superheld!" lachte Phoebe.

Ein Blick auf seine Armbanduhr verriet einige Zeit später, dass Jake gleich los musste, wenn er den Bus, der nach Sunside fuhr noch schaffen wollte. Gute drei Stunden waren bis jetzt vergangen. „Tut mir leid, aber ich muss noch auf meine kleine Schwester aufpassen. Meine Eltern fahren später noch zu Bekannten von uns. Die brauchen irgendwie Hilfe bei ihrem

Umzug." „Das macht doch nichts! War ein toller Tag!" sagte Phoebe glücklich. „Stimmt! Hat Spaß gemacht mit dir! Ich hoffe dein Arm tut nicht mehr so lange weh! Aber immerhin kannst du schon ordentlich fahren. Man muss ja auch nicht gleich mit den Tricks anfangen." „Genau! Nächstes Mal setze ich dich einfach auf Milan und dann kann ich dir was beibringen. So als Gegenleistung!" schlug sie vor. „Das dürfte ich? Mich einfach auf dein Pferd setzen?" fragte er begeistert. „Ja, klar! Komm wir räumen hier auf und dann reiten wir zusammen bis zur Bushaltestelle." sagte Phoebe lächelnd. „Das wäre ja cool! Das machen wir!" antwortete er. Offenbar fand er Pferde auch ganz gut. Sie räumten alles zusammen und Phoebe sattelte Milan wieder auf. Der kaute dabei genüsslich weiter auf dem Gras herum. Phoebe streichelte ihm über den warmen weichen Pferdehals. „So Jake. Bereit?" „Ja, gut. Und was muss ich jetzt machen?" „Stell deinen linken Fuß in den Steigbügel hier und drück dich mit dem anderen ab." Sie stellte sich auf die rechte Seite von Milan und hielt den anderen Steigbügel, damit der Sattel nicht verrutschen konnte. „Supi! Und jetzt versuch mal, dich hinter den Sattel zu setzen. Der ist kurz genug. Das tut ihm nicht weh!" „Okay!" Jake rutschte hinter den Sattel und Phoebe stieg auf. „Alles gut?" fragte sie, als Jake sich gerade seine und ihre Tasche umhing. „Ja. Alles super! Aber du rennst jetzt nicht gleich los, oder?" fragte er grinsend. „Nee, nee! Halt dich einfach an mir fest, dann kann dir nichts passieren." rief Phoebe und lächelte dem Jungen noch mal zu, bevor sie die Zügel aufnahm und Milan in ruhigem Schritt vorwärts laufen ließ. Jacke hatte seine Arme um ihre Taille gelegt, damit er ja nicht runterfallen konnte. Irgendwie wünschte sich Phoebe, er würde sie jetzt nicht mehr loslassen. Aber an der Bushaltestelle würde er eh absteigen.

Sie war wahrscheinlich bis über beide Ohren in Jake verknallt. Keinen anderen Jungen hätte sie je auf Milan reiten lassen. Aber Jake war auch so ganz anders, als die anderen Jungs. Und er hatte Milan so liebevoll und vorsichtig begrüßt, als sie vorhin im Park angekommen war. Das fand sie so süß. Und jetzt ritten sie tatsächlich zusammen auf ihrem Traumpferd in den Sonnenuntergang! Na schön, es war erst kurz vor sechzehn Uhr. Am Himmel war auch noch kein Sonnenuntergang zu sehen. Nicht einmal zu erahnen, aber der Rest stimmte. Und so, wie es jetzt gerade war, so war es in diesem Augenblick perfekt.

Doch dieser Augenblick endete leider viel zu schnell, als plötzlich die Bushaltestelle vor ihnen auftauchte. „Das war ja cool! Ich kann es nur immer wieder sagen, ein tolles Pferd ist er!" sagte Jake und rutschte vom Rücken des Pferdes. „Tschüss Milan. Pass gut auf Phoebe auf!" flüsterte er dem Pferd entgegen und streichelte den Wallach. Phoebe stieg ebenfalls noch einmal ab und nahm Jake ihre Tasche wieder ab. „Na dann. Komm gut nach Hause!" „Mach ich. Du aber auch Phoebe!" Er sah ihr tief in die Augen und lächelte. Eigentlich wollte sie noch etwas sagen, aber das war auf einmal, wie aus ihrem Gedächtnis gelöscht. Sie lächelte zurück und drehte sich dann wieder zu Milan um und wollte aufsteigen. „Phoebe?" Sie drehte sich wieder zurück. „Ich habe noch was vergessen!" Überraschenderweise nahm er ihre Hand und beugte sich in diesem Moment zu ihr hinüber. Zärtlich gab er ihr einen Kuss. Ein warmes Gefühl breitete sich in ihr aus, als würde sie tausende von Schmetterlinge in ihrem Bauch spüren und rosa rote Herzchen durch die Luft schweben sehen, wie kleine Zuckerwattewolken. Er hatte sie geküsst! Jake hatte sie wirklich geküsst! „Entschuldigung!" platzte es plötzlich aus ihm heraus. „Es tut mir leid! Ich kann dich doch nicht einfach so küssen. Oh Gott Entschuldigung!" stotterte er vor sich hin.

Seine Wangen färbten sich plötzlich etwas rot. Er schaute zu Boden und strich nervös seine braunen Haare zurück. Wahrscheinlich wartete er darauf, dass Phoebe ihn anschreien und dann gehen würde. Aber Phoebe konnte ihr Glück gerade kaum fassen. Der Junge, in denen sie, mit allergrößter Wahrscheinlichkeit, seit sie ihn das erste Mal gesehen hatte, verliebt war, mochte sie auch! „Hey!" sagte sie freundlich und legte ihre rechte Hand etwas zaghaft auf seine Schulter. Er nahm den Kopf hoch und schaute in das lächelnde Gesicht von Phoebe. Seine Augen schienen sie zu mustern. Nicht in bösem Sinne, eher bewundernd. Erst sah er die kleinen, süßen Sommersprossen auf ihrer Nase und ihren Wangen und blieb dann schließlich wieder in ihren grünblauen Augen hängen. Phoebe stellte sich auf die Zehenspitzen und gab ihm lächelnd, jetzt ebenfalls einen Kuss. Seine Lippen fühlten sich ganz weich an. Jake legte beide Arme um sie und drückte sie nach dem Kuss an sich. Ihr Kopf lag an seiner Schulter. „Ich fand dich schon in der Schwimmhalle toll! Nach unserem Zusammenstoß, hatte ich gehofft, dass wir uns noch mal treffen! Phoebe ich mag dich so, wie du bist!" „So, wie ich bin?" „Ja! So,wie du bist. So pferdeverrückt, so verträumt, so, wie du einen Abgang vom Skateboard machst!" Beide mussten sie lachen. „Egal wie! So, wie du bist, habe ich mich verliebt. Ja, ich weiß! In einer Woche? Aber ich habe das Gefühl, als würdden wir uns schon viel länger kennen. Früher in der dritten Klasse hätte ich das Mädchen, dass ich so sehr mochte, wie ich dich jetzt, gefragt, ob sie mit mir gehen mag..." er schob sie ein kleines Stück von sich und nahm ihre Hände. Sie lächelten sich an. „Ob nun dritte Klasse oder nicht, ist doch egal! So oder so, habe ich mich auch in dich verliebt! Ich hatte Angst, du wirst mich vielleicht nur als gute Freundin sehen. Aber jetzt weiß ich es besser. Und auch genauso, wie du bist, mag ich mit dir gehen! Bei dir weiß ich, dass ich so sein kann, wie ich bin, dass du dich nicht verstellst und wir über alles reden können." antwortete Phoebe lächelnd. „Mein Gott! Das klingt zwar voll schnulzig, so rede ich eigentlich gar nicht, aber, wenn ich dich sehe oder wir telefonieren, schreiben, weiß der Kuckuck was, dann bin ich einfach happy!" „Das bin ich auch!" sagte Phoebe glücklich. Er gab ihr einen letzten, liebevollen Kuss und verabschiedete sich dann von ihr. „Tschüss. Wir sehen uns bald wieder. Ja?" „Machen wir!" antwortete Phoebe lächelnd. Er lächelte zurück. In diesem Moment hielt der Bus neben ihnen und öffnete die Tür. „Ich liebe dich Phoebe Bain!" „Ich dich auch Jake!" Mit diesen

Worten stieg er in den Bus und setzte sich ans Fenster. Phoebe stieg wieder in den Sattel und klopfte Milan den Hals. Viele hätten das jetzt für überkitschig empfunden, aber Phoebe war so unglaublich glücklich in diesem Moment. Es fühlte sich seit langem wieder richtig gut an. Vielleicht würde das mit Jake ja was ganz besonderes werden. Wer wusste das schon?! Aber eins stand fest, genau in diesen Moment, hier her, da gehörte sie hin.

Der Bus fuhr in dieselbe Richtung, wo auch ihr Haus lag. Also trieb sie Milan an und galoppierte jetzt über das Feld, neben dem Bus her. Jake schaute die ganze Zeit grinsend aus dem Fenster und winkte ihr zu. Milan bekam jetzt richtig Lust zu laufen und startete im gestreckten Galopp nach vorne durch. Phoebe lachte glücklich. Jetzt war alles perfekt! Der Wind wehte durch ihre rotbraunen, langen Haare, die offen, wie ein Schleier hinter ihr her wirbelten.

Schließlich winkte sie Jake noch einmal zu und schickte ihm einen Luftkuss. Er grinste und tat es ihr gleich. Dann wendete sie Milan auf das offene Feld ab und galoppierte mit ihm durch eine Fahrrinne, die der Traktor des Bauern hinterlassen hatte davon. Sie gab ihm völlig die Zügel hin. „Lauf Milan! Lauf mein Junge!" Überglücklich breitete sie ihre Arme zur Seite aus. An keinem Ort wäre sie jetzt lieber! Schmetterlinge im Bauch, der Wind in den Haaren, mit Milan, ihrem Herzenspferd in vollem Galopp übers Feld reiten und die warmen Strahlen der Sonne auf ihrer Haut spüren. Sie atmete die frische Herbstluft ein. Das, was jetzt fühlte war nicht nur Freiheit. Es war pures Glück, dass sich wie eine rosa, glitzernde Zuckerwattewolke um sie hüllte. Milan hielt an und sie kuschelte sich an seine weiche schwarze Mähne. Freudig wieherte er und drehte seine Ohren zu ihr. Sie strich mit der Hand über sein glänzendes, braunes Fell. „Wir zwei für immer!" flüsterte sie und er wieherte erneut, als würde er ihr zustimmen.

Schlusswort der Autorin

Dieses Buch zu schreiben, hat mir sehr viel bedeutet. Vorher habe ich oft Kurzgeschichten, Gedichte und kleine Kurzromane geschrieben, aber einen richtigen Roman zu schreiben, war eine viel größere Aufgabe.

Meine Idee zu der Geschichte, kam mir vor ungefähr zwei Jahren. Ich habe alle meine Gedanken zu dieser Geschichte extra in Stichpunkten aufgeschrieben. Bis zum Höhepunkt der Story war alles durchgeplant. Was danach folgte, änderte ich oft nochmals oder wurde von neuen Ideen überrascht. Anfangs konnte ich kaum aufhören zu schreiben. Mal am Laptop und an anderen Tag wieder mit Schreibblock und Füller. Es machte mir so viel Spaß, als wäre ich selbst Teil der Geschichte und könnte das Abenteuer selbst miterleben. An den fröhlichen Szenen habe ich stets mit einem Lächeln geschrieben. Es gab aber auch ein wenig Tränenvergießen beim Schreiben, der traurigen Szenen, in denen Phoebe beinahe verzweifelte. Ab und zu hatte ich auch Phasen, in denen mir das Schreiben nicht so leicht von der Hand ging. Trotzdem wollte ich die Geschichte nicht einfach aufgeben und dank der vielen lieben Motivation, von meiner Familie und meinen Freunden, habe ich immer wieder Freude daran gefunden, weiterzuschreiben und das hat täglich meinen Alltag begleitet.

An dieser Stelle möchte ich mich bei allen bedanken, die mich immer wieder motiviert haben, dieses Buch zu schreiben. Meine Familie steht immer hinter mir und ich bin glücklich, wenn ich sie stolz machen kann. Ich habe euch sehr lieb und ich bin so dankbar, für alles, was ihr für mich tut! Besonders dankbar bin ich auch meiner besten Freundin Josephine Kulich. Josi du hast mir so viele Ideen gegeben, wahrscheinlich sogar meistens, ohne es zu wissen und hast mir damit sehr geholfen. Wenn ich beim Schreiben nicht mehr weitergekommen bin, hast du mich immer motiviert. Du bist immer da und das schätze ich so an unserer Freundschaft.

In dem Roman steckt viel persönliches drin. Es war eine Art Versuch, das eigene Leben mal aus der Reihe tanzen zu lassen. Während ich dieses Buch geschrieben habe, kamen mir viele Einsichten .

Die Hauptfigur Phoebe spielt eine sehr wichtige Rolle für mich. Sie hat in Situationen Mut bewiesen, in welchen ich wahrscheinlich schon längst ans Aufgeben gedacht hätte. Über sie kann ich so mit anderen zum Beispiel einige schöne Erinnerungen teilen, denen ich in der Geschichte ihren eigenen Glanz verliehen habe. Denn auch, wenn die Geschichte im Großen und Ganzen frei ausgedacht ist, habe ich doch ab und zu meine Fantasie mit der Realität vermischt.

Daraus ist mein erster, selbstgeschriebener Roman entstanden. Und so wichtig, wie diese Geschichte für mich ist, hoffe ich, wird sie auch für ihre Leser werden. Sie soll jedem zeigen, dass es sich lohnt, an seinen Träumen festzuhalten, um sie wahr werden zu lassen. Dass man sowhl mit dem Herzen, als auch mit dem Verstand handeln sollte. Und, dass Freiheit nicht nur ein simples, schön klingendes Wort ist, sondern ein Gefühl, das unser Leben in gutem Sinne begleiten sollte.

Inola Kwast

Herstellung und Verlag:
BoD – Books on Demand, Norderstedt
ISBN: 978-3-7494-8306-8